AF304115

STEFAN S. KASSNER

Poison Bakery

ISBN 978-3-98778-247-3
E-Book-ISBN 978-3-98637-775-5
Hörbuch-ISBN 978-3-98778-307-4

Covergestaltung: Anne Gebhardt
Umschlaggestaltung: ARTC.ore Design
Unter Verwendung von Abbildungen von
shutterstock.com: © Pajor Pawel, © Maxx-Studio,
© irisdesign, © Ron Ellis
elements.envato.com: © PixelSquid360, © alexdndz
istockphoto.com: © Aylata
Lektorat: Daniela Guse
Satz: dp DIGITAL PUBLISHERS GmbH
Druck und Bindung: Books on Demand GmbH, Norderstedt

1

Spätestens, als der ältere Mann ebenfalls seine Hand vor den Augen hin und her bewegt und darauf stiert, als wäre sie das Faszinierendste, was er jemals sah, weiß ich, dass etwas faul ist. Mit all unseren Gästen. Zwei in der Gesamtzahl. Was für uns schon ein Grund zum Feiern ist. Meistens sitze ich vormittags ohne Gäste in unserem leeren Café.

Ich bin Linn. Vor vier Monaten habe ich mich von meiner Freundin Terry dazu überreden lassen, dieses Café zu mieten, das an der Beak Street im angesagten Londoner Stadtteil Soho liegt und damit weit über unserer Preisklasse.

Aber Terry hat eine Begeisterungsfähigkeit, die ansteckt. Wie ein loderndes Feuer, das auf einen trockenen Busch übergreift. Übrigens ein Ausdruck, der jüngst aus Terrys Mund kam, als sie meine Unausgeglichenheit auf eben jenen zurückführte und mir empfahl, ihn hin und wieder wässern zu lassen. Falls Sie wie ich jetzt erst mal auf dem Schlauch stehen, hilft es, sich klarzumachen, dass es bei Terry meist um Genitalien und das, was Mann oder Frau damit anstellen kann, geht. Und um Mittelchen, die den Sinneseindruck entsprechend anfeuern, um beim ursprünglichen Bild zu bleiben.

Die junge Frau und der ältere Mann sind inzwischen von ihren Stühlen aufgestanden und zu dem großen

Spiegel herüber gegangen, der die obere Hälfte der linken Wand einnimmt und der Terry als Präsentationstafel für ihre neuesten Kreationen dient. Ähnlich wie bei einem Cover-up-Tattoo macht Terry sich nicht die Mühe, den Text, der die vorherige Kreation beschreibt, wegzuwischen, sondern kleistert den Neuen einfach drüber. Der Spiegel erinnert an einen Picasso mit eingestreuten Worten, deren Buchstaben so groß sind, dass sie wahrscheinlich noch vom Mann im Mond gelesen werden können.

Unsere Gäste haben tatsächlich in der Farb- und Schriftexplosion noch freie, spiegelnde Stellen entdeckt und betrachten nun ähnlich fasziniert ihre Gesichter wie zuvor ihre Hände. So langsam sickert zu mir durch, was passiert ist. Was wieder passiert ist!

Terry und ich sind exzellente Konditorinnen, was der Hauptbeweggrund zur Eröffnung dieses Cafés war. Nur, während ich eher die klassischen Rezepte backe und nur gelegentlich modifiziere, hat Terry sich die Revolution des Backwerks auf die Fahnen geschrieben. Ob Leberwursttorte oder ein Backstuhl – ein Kuchen in Form eines Stuhls, auf dem man tatsächlich sitzen kann – Terry ist stets auf der Suche nach einer neuen Rezeptur.

Der ältere Herr steht starrend vor seinem Spiegelausschnitt, während die Dame mit seltsam zackigen Bewegungen durch den Raum zurück zu ihrem Tisch stakst. Sie erinnert mich an ein Chamäleon.

„Terry?", rufe ich und bin überrascht über den schneidenden Ton in meiner Stimme. Ich klinge wie meine Mutter, wenn sie wieder einmal nicht zufrieden ist mit ihrer unfähigen Tochter. Und irgendwie ist es auch so, dass ich häufig das Gefühl habe, die Rolle der Erziehungsberechtigten in Bezug auf Terry übernehmen zu müssen.

Terry drückt die Schwingtür zur Backstube mit dem Rücken auf. In den Händen hält sie einen Teigklumpen, der aussieht, als wäre er radioaktiv verstrahlt. Alle Farben des Regenbogens in einer Wurst, die irgendwie aussieht wie ein ...

„Was ist denn, Chefin?" Terry weiß, dass sie mich mit dieser Anrede zur Weißglut bringt, aber ich atme tief durch und lasse mir nichts anmerken, deute stattdessen auf unsere Gäste. Die Frau scheint ihre Offenbarung am Boden ihrer Kaffeetasse gefunden zu haben – hält sie vor ein Auge, als wäre die Tasse ein Fernrohr und sie Captain Cook, der gerade Tahiti erspäht. Der Mann mit dem Zauselbart betastet inzwischen sein Gesicht, als würde er eine Maske davon herunterziehen wollen, die außer ihm niemand sieht. „Na, das nenne ich mal eine gelungene Show! Soll ich uns Popcorn machen?"

Terry ist schon halb durch die Tür zur Backstube, als ich sie an ihrer Schürze zurückzerre. „Was zur Hölle ist in dem Kuchen?" Ich deute in Richtung der Teller auf den Tischen, die bis auf wenige Krümel leer gegessen sind.

„China Explosion?" Terry zuckt mit den Achseln. „Das einzig Verwegene darin ist das Bittermandelaroma ..." Sie stockt, reißt dann die Augen auf. „Oh Mann!" Sie stürmt in die Backstube, und ich folge ihr. Was hat sie nur jetzt wieder angestellt?

Die Arbeitsfläche gleicht einem Kriegsschauplatz: Nudelholz, verschiedene Backformen, Schüsseln, und alles ist gleichmäßig bedeckt von einer pudrig leichten Mehlschicht.

Terrys Finger suchen und finden schließlich ein Fläschchen, eine Ampulle, die sie mir entgegenstreckt.

„Was ist das?" Mit gerunzelter Stirn versuche ich, das Etikett zu entziffern, aber Terry kommt mir zuvor: „Ketamin."

Ihr Tonfall suggeriert, dass ich jetzt etwas sagen sollte, wie: „Ah, natürlich!" Stattdessen starre ich sie weiter konsterniert an, denn ich habe keine Ahnung, was das ist.

„Special K?", versucht sie mir erfolglos auf die Sprünge zu helfen.

Ich verdrehe die Augen. „Terry, was zur Hölle ist das für ein Zeug?"

Je mehr Terry mir erzählt, desto größer werden meine Augen. Ketamin ist ein Narkosemittel, das auch in der Tiermedizin für Pferde eingesetzt wird. Na prima! In den letzten Jahren erfreut es sich auch in der Partyszene einer immer größeren Beliebtheit, sorgt es doch für ein verändertes Empfinden von Musik und Umgebung.

So langsam wird mir klar, warum sich unsere Gäste so seltsam verhalten. „Woher hast du das Zeug?", frage ich entgeistert und ahne bereits die Antwort.

„Hatte gestern eine Lieferung in eine schmerztherapeutische Praxis und habe das wohl in meiner Tasche vergessen." Terry schlägt die Augen nieder.

Das ist die Antwort, die ich erwartet habe. Terry fährt neben ihrer Haupttätigkeit in unserem Café Medikamente für die nahegelegen Apotheke aus. Warum sie die auszuliefernden Präparate in ihre Tasche packt und sie dann darin vergisst, sind selbstverständlich Fragen, die ermüdend erörtert werden oder schlicht damit beantwortet werden können, dass Terry Terry ist. Schusselig, aber liebenswert und nie mit böser Absicht.

Also spare ich mir diese Fragen und zerre Terry zurück in den Gastraum und deute auf unsere Gäste. „Was machen wir denn jetzt?", zische ich.

„Das tut mir wirklich unglaublich leid. Die Ampulle muss nach dem Medikamentenausliefern noch in meiner Tasche gewesen sein. Du weißt ja, dass ich manchmal in Gedanken Dinge an die falsche Stelle räume. Sorry." Terry schaut mich an wie ein geprügelter Hund.

„Versprich mir, dass du in Zukunft darauf achtest, dass so etwas nie wieder vorkommt."

„Auf jeden Fall."

„Wie geht es jetzt mit den beiden weiter?" Ich sehe zu, wie Zauselbart wieder seine, die Luft langsam durchschneidenden, Hände betrachtet. Kapitänin Cook scheint ihm durch ihr Tassenfernrohr dabei zuzusehen.

„Keine Sorge. In maximal einer Stunde sollte die Wirkung vorbei sein." Terry will wieder in der Backstube verschwinden und wird erneut von mir zurückgehalten.

„Was machen wir jetzt mit denen? Was ist, wenn ein Gast …" Weiter komme ich nicht, denn mit einem fröhlichen Klingeln des Glöckchens, das ich an der Eingangstür befestigt habe, wird die Tür aufgestoßen, und in ihr steht der Pinguin. Natürlich heißt er nicht so. Diesen Spitznamen hat Terry ihm gegeben, weil er mit seiner Aktentasche, den stets dunklen Anzügen und seinem Watschelgang an einen Pinguin erinnert.

Von der Tür aus wandert sein Blick zu Zauselbart und Kapitänin Cook, dann sieht er mich stirnrunzelnd an. Während ich noch überlege, wie ich die Situation retten kann, drängt Terry an mir vorbei. „Schön, dass Sie da sind. Sie sind der erste Gast unserer neuen Vormittagsveranstaltung!"

Der Pinguin sieht Terry an, als käme sie von einem anderen Stern, was nichts Neues ist, so starrt er sie immer an. Ich glaube, es ist für ihn schwer begreiflich, welche Farben menschliches Haar annehmen kann. Terry trägt seit gestern grün, was ihren Angaben nach eher ein Kompromiss ist, da das Blondieren der vormals blauen Haare knapp am Ziel vorbeigeschossen ist. Ich glaube, ich habe tatsächlich vergessen, was ihre ursprüngliche Haarfarbe ist. Seit Jahren scheint sie die fast täglich zu ändern. Für Pinguin, der dem Erscheinen nach mit Farben nicht allzu viel am Hut hat, muss sie wie ein exotisches Tier sein, bei dem man schon Angst hat, sich allein durch Berührung zu vergiften.

Terry nutzt sein Schweigen, um unbeirrt fortzufahren: „Ab sofort hält die ‚Royal Academy of Dramatic Art' jeden Donnerstag einen Kurs für Improvisationstheater in unserem Café ab."

Der Blick, der sie durch die dicken Gläser von Pinguins Nickelbrille trifft, ist der eines Karpfens auf dem Trockenen, und ich muss zugeben, dass ich ihr fast applaudieren möchte zu diesem Einfall.

„Dann komme ich ab sofort immer sonntags", murmelt Pinguin und stürmt zur Tür hinaus.

„Ich mach mal Kaffee", sagt Terry, als sie hinter Pinguin die Tür abschließt und das Schild in der Tür von „geöffnet" auf „geschlossen" umdreht.

Sie gehört zu den Menschen, die durch ihre unbedachten Taten nicht nur allerhand Unruhe stiften, sondern auch noch stets damit durchkommen. Tatsächlich klärt sich das Bewusstsein von Zauselbart und Kapitänin Cook, nachdem beide von uns in die bequemsten Sessel im hinteren Teil des Cafés verfrachtet wurden, um dort einen Power Nap zu halten. Darüber hinaus versichert Terry ihnen dann noch derart glaubhaft, dass die wechselnde Witterung schon bei sehr vielen Gästen zu Müdigkeit und Verwirrung geführt habe, dass beide ihr glauben und sich sogar für unsere liebevolle Betreuung bedanken.

„Schade um das gute K", jammert Terry, als wir alleine im Café sind, und ich muss mich beherrschen, ihr nicht an die Gurgel zu springen.

„Schade? Du findest es schade, dass du unsere Gäste vergiftet hast?" Dass es keine gute Idee ist, mit Wut die Kaffeetassen abzuräumen, weiß ich spätestens, als diese mit lautem Klirren auf dem Boden zerschellen. Als wäre das nicht schon genug, schneide ich mich beim Zusammenlesen der Scherben auch noch. Den blutigen Daumen im Mund, hocke ich inmitten der Scherben und sehe sicherlich aus wie ein trotziges Kind.

Terry hockt sich neben mich und legt den Arm um mich. „Hey." Sie streichelt mir über die Schulter. „Ist doch alles gut gegangen."

„Dieses Mal, Terry. Aber was, wenn Pinguin deine Geschichte nicht geglaubt hat und überall rumerzählt, was er gesehen hat? Wir können es uns nicht leisten, auch noch die letzten Gäste zu verlieren."

„Mir fällt schon was ein.“ Terry drückt mich an sich, und plötzlich weiß ich wieder, was ich so an ihr mag: Ihre unerschütterliche Positivität. Ich kann mich nicht erinnern, Terry jemals jammern gehört zu haben. Für Terry gibt es nur Lücken, keine Hindernisse, und ich muss zugeben, dass sie auch immer einen Weg findet. Obwohl ich die Besonnenere von uns beiden bin, kann ich mich stets auf Terrys Kampfgeist und Erfindungsreichtum verlassen.

Ihr wird schon etwas einfallen! Daran glaube ich ganz fest.

2

Nach so einem Tag tut es gut, nach Hause zu kommen und die Füße hochlegen zu können. Täte es, muss ich sagen, denn „Füße hochlegen" ist Wunschdenken, wenn man in einer Vierer-WG wohnt. Die Mieten in London sind derartig hoch, dass das für die meisten Leute die einzige Möglichkeit ist, überhaupt in der Stadt leben zu können. So teile ich mir nicht nur mit Terry den Wohnraum, was ohnehin schon turbulent ist, sondern auch noch mit Randall und Shaun. Auf nicht üppigen achtzig Quadratmetern hat jeder von uns zumindest ein eigenes Zimmer, es gibt eine Gemeinschaftswohnküche sowie zwei Bäder. Das ist für mich das Beste an der Wohnung, denn so haben wir Mädels unser eigenes Bad, und die Jungs können in ihrem treiben, was sie wollen. Was vor allem Shaun wörtlich nimmt.

Shaun sieht nicht nur verboten gut aus, hat einen Sixpack, auf dem man Steine zermahlen könnte, wie Terry sagt, er hat auch noch einen Job, der sicherlich zu den sexysten gehört, die es überhaupt gibt: Er ist Barkeeper und mixt im angesagten Club 49 Soho wirklich gute Cocktails. Er beherrscht die komplette Nummer mit Flaschen durch die Luft wirbeln et cetera. Kein Wunder also, dass die Frauen bei ihm Schlange stehen.

Ich kann mich nicht daran erinnern, dass Shaun auch nur eine Nacht ohne weibliche Begleitung heimkam. Meist geht es dann stundenlang zur Sache. Man muss

Shaun lassen, dass er wirklich Ausdauer hat, was ja bei
vielen Kerlen nicht der Fall ist. Wie er es schafft, dennoch morgens fit zu sein, um die neue Bekanntschaft
schnell wieder loszuwerden, ist mir schleierhaft. Terry
behauptet, dass Shaun eine Art Sexvampir ist, und so
abwegig ist das gar nicht. Außer seiner Arbeit im Club
und an der Damenwelt hält Shaun seinen Körper in
Form und hat Zoff mit Randall, dem vierten WG-Be-
wohner.

Randall ist auch, auf Grund der bereits beschriebenen
Bäderaufteilung, tatsächlich der, der am meisten unter
Shauns Eskapaden leidet. Shaun ist pragmatisch und
verlagert seine Aktivitäten häufig in die Dusche. Frei
nach dem Motto: Duschen muss ich eh, warum nicht
das Angenehme mit dem Nützlichen verbinden? So
habe ich mir angewöhnt, Randall morgens ein Zu-
gangsrecht zu unserem Bad zu gewähren, wenn er wieder einmal gegen die Tür hämmert und auf den ram-
melnden Shaun schimpft.

Randall könnte als das Negativ Shauns bezeichnet
werden. Eine Brille mit Gläsern, die aussehen wie die
Böden von Colaflaschen, lassen seine Augen klein wirken. Das Gesicht darunter wuchert immer mehr zu, als
wolle Randall sich hinter seinem Bart verstecken. Randalls einzigen weiblichen Kontakte, von denen ich
weiß, sind Terry und ich. Wenn ich ehrlich bin, ist unsere WG sein einziger Sozialkontakt überhaupt. Randall entwickelt Computerspiele, was er von seinem
Zimmer aus erledigen kann, weshalb er es kaum verlässt. Hätte er nicht diesen trockenen Humor, der stets
unerwartet und treffend aus ihm herausplatzt und dieses scheue Grinsen, wenn er sich über etwas freut,

Randall wäre mir unheimlich. Wahrscheinlich würde ich keine Nacht schlafen, auch ohne Shauns Aktivitäten, weil ich befürchten würde, Randall käme plötzlich auf die Idee, in unserer WG Amok zu laufen. Wobei Shaun Randall bald so weit haben könnte.

Heute herrscht Ruhe in der WG. Shaun ist nicht da, und Randall ist wie immer in seinem Zimmer.

„Willst du noch was essen?", fragt Terry.

„Lieb von dir." Ich muss gähnen. „War ein anstrengender Tag, ich gehe früh schlafen."

„Gar keine schlechte Idee." Terry muss ebenfalls gähnen. „Aber ich muss noch etwas in den Magen bekommen, sonst kann ich nicht einschlafen."

Ich nicke und betrachte, nicht zum ersten Mal, neidisch Terrys Bauch oder vielmehr den nicht vorhandenen Bauch. Ich bin sicherlich nicht dick, aber ein paar Pfunde weniger würden mir nicht schaden.

„Leistest du mir noch ein bisschen Gesellschaft?", fragt Terry.

Sie hat eine Art, mich anzuschauen, dass ich ihr selten einen Wunsch abschlagen kann.

Ich setze mich an den Küchentisch, während Terry Nudelwasser aufsetzt. So sehr wir uns auch bei unseren Backkreationen ins Zeug legen, zu Hause und für uns selbst bewegen wir uns kulinarisch auf unterirdischem Niveau. Das muss sich unbedingt ändern.

Ich betrachte Terry beim Kochen. Obwohl ich sie seit Jahren kenne, bin ich jedes Mal überrascht, wie unterschiedlich wir sind, auch äußerlich. Neben der ständig wechselnden Farbe ihrer Haarpracht, hat Terry jede Menge Piercings, eines am Nasensteg unten, was irgendwie aussieht, wie der Ring eines Bullen und eines in der Unterlippe. Das in der Zunge nicht zu vergessen. Terrys Garderobe ist ebenso speziell. Meist trägt sie Springerstiefel, Leggings mit Tierprintmuster und weite, meist schwarze, Pullover darüber. Ihre Erscheinung spiegelt wieder, wie Terry ist: Bunt, unangepasst, einzigartig und für mich einfach liebenswert.

„Mein Dad kommt in die Stadt."

Ich habe schon geahnt, dass Terry etwas mit mir besprechen möchte. Ihr Dad ist ein Thema, das sie ungern anspricht. Terrys Mom verstarb an Leukämie, als Terry und ich kurz vor unserem Schulabschluss standen. Das war eine schwere Zeit für sie und ihren Vater, aber ebenso für mich. Ich habe Liz, Terrys Mom, sehr gemocht. Von ihr hat Terry das Temperament und ihre Unangepasstheit. Liz hatte über ein Jahr gegen die Krankheit gekämpft, sich dann aber ergeben müssen.

Von einem Tag auf den anderen war Terry allein mit ihrem Vater, der völlig anders ist als Terry und Liz. Ihr Vater Roger ist still und introvertiert. Er arbeitet beim Finanzamt und erfüllt jedes Vorurteil, das man mit diesem Beruf verbindet. Roger hatte Schwierigkeiten, mit der kaum zu kontrollierenden Terry zurechtzukommen. Und Terry ihrerseits fand keinen Trost bei ihrem stillen Vater, der die Dinge mit sich selbst ausmacht und kein guter Gesprächspartner in emotionalen Angelegenheiten ist.

„Wie geht es ihm?", frage ich, um diese Unterhaltung möglichst neutral zu beginnen.

Terry zuckt mit den Schultern. „Wenn ich das wüsste. Ist bei ihm ja nicht so einfach."

Ich nicke. Der Start verlief weniger neutral als erhofft, schon sind wir beim Kern des Problems. Andererseits kennen wir uns schon lange genug und haben dieses Thema oft genug besprochen, sodass wir uns das langsame Anschleichen sparen könnten. Es ist nur nicht meine Art, mit der Tür ins Haus zu fallen. Das hat damit zu tun, dass ich ungern verantwortlich sein möchte dafür, dass andere sich schlecht fühlen, mir nahe Menschen insbesondere. Klar, dass das nicht immer zu vermeiden ist, doch diese Erkenntnis ändert nichts an meinem Gefühl.

„Wie geht es dir?" Seltsam, wie eine Frage, die man tagtäglich Menschen stellt, ohne, dass sie wirklich etwas bedeutet, im richtigen Kontext so elementar sein kann.

Wieder zuckt Terry mit den Schultern. „Auf eine Art tut er mir leid. Er scheint so in sich selbst gefangen. Weißt du, was ich meine?"

„Absolut." Das tue ich tatsächlich.

Sie steht auf und gibt Salz in das kochende Nudelwasser, öffnet die Packung mit den Spaghetti und lässt sie ins Wasser gleiten. „Kannst du glauben, dass es schon vierzehn Jahre her ist?"

Das trifft mich wie ein Schlag in die Magengrube. Zwar hatte ich vermutet, dass Terry etwas beschäftigt, aber auf derart trübe Gespräche bin ich nicht vorbereitet. Nicht, dass es mir etwas ausmacht, meiner besten Freundin beizustehen, aber abends nach der Arbeit und nach so einem Tag fällt es mir nicht leicht. „Bis vor einigen Jahren habe ich mit den Augen gerollt, wenn jemand Älteres gesagt hat, dass die Zeit rennt, aber es stimmt leider."

Terry rührt in den Nudeln. „Ich glaube, dass er nicht darüber hinweg ist. Über Moms Tod." Sie kaut auf ihrer

Unterlippe. „Und das verstehe ich, wirklich. Auch ich habe diese Tage, in denen es sich anfühlt, als wäre sie gerade erst gestorben."

Ich möchte aufstehen und sie in den Arm nehme. Weiß aber, dass sie das nicht möchte, weil sie dann die Fassung verliert. So bleibe ich sitzen und warte ab.

„Weißt du, was er braucht?" Terry wirft mir einen Blick zu, und ich weiß, dass der kurze Traueranflug vorüber ist und wieder die freche Terry vor mir steht, die gleich etwas raushaut. „Er müsste mal wieder richtig gevögelt werden!" Sie haut mit der Faust auf die Küchenarbeitsplatte.

Ich kann nicht anders, als in Gelächter auszubrechen. Wer bitte würde so über seine Eltern reden? „Du bist unmöglich." Ich pruste immer noch.

„Nur die Wahrheit, und die sollte – die muss auch bei meinem Vater ausgesprochen werden."

„Trefft ihr euch?"

„Er kommt eventuell im Café vorbei. Da ist es wenigstens nicht so unangenehm, wenn das Gespräch wieder schleppend verläuft."

Ich nicke. Das Problem habe ich zwar mit meiner Mutter nicht, aber dafür kommt sie mir ständig mit Dingen, die ich, ihrer Ansicht nach, falsch mache. Deshalb treffe auch ich mich gerne mit ihr im Café, weil ich weiß, dass sie sich in der Öffentlichkeit zurückhält. „Ich bin da, wenn du mich brauchst, okay?" Wieder muss ich gähnen, und Terry grinst mich an.

„Lieb von dir. Das weiß ich, aber jetzt solltest du ins Bett."

Ich protestiere einmal halbherzig und bin froh, dass Terry das nicht zulässt und mich ins Bett schickt. Bevor

ich einschlafe, denke ich an Eltern und dass man nicht
mit, aber auch nicht ohne sie kann.

3

In der Schule habe ich Mathe gehasst. Umso verwunderlicher, dass ich für die Buchhaltung zuständig bin. Wobei sich das nicht unbedingt durch meine Eignung, sondern vielmehr durch Terrys Unfähigkeit erklären lässt. Sie ist eher das Genie, das das Chaos regiert oder es zumindest versucht. Meist scheitert der Versuch, und ich räume das Chaos auf. Das nervt, aber jedes Mal, wenn ich versuche, Terry böse zu sein, tut sie etwas, das mir klarmacht, warum unsere Partnerschaft funktioniert. Zum Beispiel mit unserem Vermieter Mr Foster sprechen, wenn wir mal wieder mit der Mietzahlung in Rückstand sind. Leider kommt das häufig vor.

„Deine Mom ist am Telefon."

Ich drehe mich um und sehe Terry, die in der Tür meines Büros steht, das nicht die Bezeichnung verdient, weil es eine Abstellkammer ist. Mehr als ein kleiner Schreibtisch und eine Pinnwand, die über und über mit Notizen vollgepflastert ist, haben in dem fensterlosen Raum keinen Platz. Das hört sich genauso deprimierend an, wie ich die Kammer empfinde. Die bescheidenen Geschäftszahlen tragen außerdem nicht dazu bei, dass sich dieser Eindruck bessert, im Gegenteil.

Ich nehme Terry das tragbare Telefon aus der Hand und verspüre den Impuls, das Gespräch wegzudrücken. Meine Mutter meint es stets gut, aber auch gut gemeinte Ratschläge können einem gehörig auf die

Nerven gehen. „Hi Mom." Ich kneife die Augen zu, als erwarte ich eine Ohrfeige.

„Hallo Schatz! Ich habe mal meine Kontakte spielen lassen."

Und schon ist sie da, die verbale Ohrfeige. Meine Mutter macht keinen Hehl daraus, was sie vom Entschluss ihrer Tochter hält, ein Café aufzumachen, anstatt zu studieren, um einen vernünftigen Job zu ergattern. Anfangs musste ich mir das ständig anhören. Mittlerweile zwar nicht mehr, dafür meint Mom aber, sie müsse uns unterstützen, weil wir es selbst nicht auf die Reihe bekommen. Ob das besser ist als die ständigen Vorhaltungen, kann ich nicht behaupten.

„Judith Borrows ist doch die Verwaltungschefin vom Magnolia Gardens."

Ich muss mich zusammenreißen, um nicht entnervt zu schnauben. Es ist nicht nur, was meine Mutter sagt, sondern vor allem, wie sie es sagt. Weder weiß ich, wer Judith Borrows ist, noch interessieren mich die Freundinnen meiner Mutter oder vielmehr die Ladys, die meine Mutter als Freundinnen bezeichnet. Ich liebe meine Mom, aber ihr war schon immer der soziale Status einer Person wichtiger als Gemeinsamkeiten oder Gespräche, die nicht nur an der Oberfläche kratzen und meiner Meinung nach für eine wirkliche Freundschaft essenziell sind. „Mom, bitte sei mir nicht böse, aber wir haben viel zu tun."

Meine Mutter gibt einen Laut von sich, der an etwas erinnert, das auf der Strecke vom Niesen zum Lachen verendet. „Schatz, wenn das tatsächlich so wäre, müssten wir uns um euer Café keine Sorgen machen."

Jetzt schnaube ich laut und vernehmlich. „Echt jetzt? Was ich überhaupt nicht gebrauchen kann, sind deine Vorhaltungen. Wenn du also deshalb angerufen hast …"

„Entschuldige bitte." Das klingt reumütig, und so halte ich den Mund und beschließe, sie anzuhören. „Judith Borrows hat mir erzählt, dass im Magnolia Gardens immer wieder Kuchen für Feierlichkeiten gebraucht werden, und da habe ich euch ins Spiel gebracht."

„Okay." Einerseits ist es nett von meiner Mom, andererseits passt mir ihre ständige Einmischung nicht. Als würde ich immer noch bei ihr wohnen und könnte mein Leben nicht ohne sie führen.

Mom seufzt. „Es wäre schön, wenn du mir irgendwann dafür danken würdest, dass ich mich für dich und dein Wohlergehen interessiere. Das Magnolia Gardens hat die Nummer vom Café und wird sich wegen eines Probeauftrags bei euch melden. Dann will ich euch nicht länger aufhalten. Grüß Terry lieb von mir." Sie legt auf, ohne eine Antwort abzuwarten. War ich zu hart zu ihr?

Terry steckt den Topf zur Tür herein. „Alles gut?"

Ich zucke mit den Schultern. „Du kennst ja meine Mom. Ich soll dich auf jeden Fall lieb grüßen."

Terry grinst. „Mach dir keinen Kopf. Sie meint es nicht böse."

„Das weiß ich, aber es nervt trotzdem. Als wäre ich fünfzehn Jahre alt und nicht schon einunddreißig."

„Weißt du was? Ich mache uns jetzt erst mal einen ordentlichen Kaffee. Was hältst du von einem Schuss?" Sie sieht mein skeptisches Gesicht und lacht. „Keine Sorge. Ich dachte an einen Schuss Baileys. Keine Experimente." Sie zeigt mir ihre gehobenen Handflächen, als würde ich sie mit einer Waffe bedrohen, was mich wiederum zum Lachen bringt.

„Einverstanden", sage ich weiterhin lächelnd.

Sie wendet sich zum Gehen, bleibt in der Tür stehen und dreht sich noch einmal zu mir um. „Was wollte deine Mom überhaupt?"

„Sie hat mal wieder ihre Kontakte spielen lassen und uns einen Auftrag vermittelt."

„Das ist doch nicht verkehrt?"

„Im Grunde nicht, aber ich möchte das alleine hinbekommen. Mit dir."

Terry zwinkert mir zu. „Und das schaffen wir auch."

„Terry?", rufe ich ihr hinterher, und sie kommt zurück. „Sagt dir das Magnolia Gardens irgendwas?"

Terry runzelt die Stirn. „Hört sich an wie ein Sanatorium." Sie verdreht die Augen und macht mit beiden Händen eine Geste, als würde sie jemanden abstechen. „Für Psychopathen."

„Spinnerin!" Wieder muss ich lachen. Was würde ich nur ohne Terry und ihre Witze machen?

4.

Das Magnolia Gardens ist ein elitäres Altenheim, eher eine Altersresidenz. Ein hochherrschaftliches Gebäude aus dem neunzehnten Jahrhundert mit einem säulengetragenen Eingangsportal, umgeben von einem parkähnlichen Garten, in dem sich die Bewohner auf zwei Tennisplätzen, einem übergroßen Schachspiel und ähnlichen Freiluftaktivitäten ausleben können. Zugegebenermaßen ist leider nur der geringste Teil von ihnen zu dergleichen imstande. Die meisten verbringen ihren Lebensabend im Rollstuhl, mit angestecktem Urinbeutel, in einen Frottee-Bademantel gehüllt.

Dass wir mit dem Backen der Geburtstagstorte für Eileen Avory beauftragt wurden, haben wir Judith Borrows, der Freundin meiner Mutter, zu verdanken, die die Verwaltungschefin des Magnolia Gardens ist und uns ins Gespräch gebracht hat. Wenn unsere Torte hier ankommt, sichert uns das regelmäßige Aufträge. Immerhin hat das Magnolia Gardens fast einhundert Bewohner, die zudem gut betucht sind.

Ich habe mir alle Mühe gegeben, die mehrstöckige Buttercremetorte streng nach dem Rezept meiner verstorbenen Granny Dorothy zu backen. Schließlich sind alte Leute eigen, was gewohntes Essen angeht und dulden keine Abweichung zum bekannten Geschmack.

Die leitende Altenpflegerin Elenore Goosmore empfängt uns persönlich und führt uns in einen geschmackvoll dekorierten Raum mit einer Tafel, an der bereits zwanzig Bewohner erwartungsvoll sitzen. Wir liefern heute zu zweit aus. Obwohl ich ungern zugebe, dass meine Mutter recht hat – das Magnolia Gardens als Stammkunde würde uns viele Sorgen ersparen und deshalb halte ich es für wichtig, dass beide Geschäftsführerinnen sich vorstellen.

Das Kopfende wird eingenommen vom Geburtstagskind. Eileen Avory wird heute gesegnete neunundneunzig Jahre alt. Sie gehört zur Fraktion der Rollstuhlfahrer mit Urinbeutel-Feature.

Terry stellt die große Schachtel in die Mitte der Tafel, und Elenore Goosmore tritt beschwingten Schrittes an die Seite des Geburtstagskindes.

„Liebe Bewohner, liebe Mrs Avory, wir freuen uns ganz außerordentlich, dass diese beiden jungen Damen Ihnen zu Ihrem Geburtstag eine besonders exquisite Köstlichkeit gezaubert haben."

Miss Goosmore, irgendwie bin ich mir sicher, dass sie nicht verheiratet ist, wiegt ihren drallen Körper sanft vor und zurück, wobei sie ein wenig so aussieht wie das Pendel einer Uhr. Ihre prallen Wangen leuchten rot. Ein Anblick, der zur Freude ansteckt.

Mrs Avory neigt den Kopf zur Seite, als müsse sie erst ausmachen, woher die soeben gesprochenen Worte kamen. „Sind Sie die neue Haushälterin?", krächzt sie, womit sie wohl Miss Goosmore meint.

Miss Goosmore legt Mrs Avory beschwichtigend eine Hand auf die Schulter und nickt Terry und mir zu. „Nur zu meine Damen, zeigen Sie uns, was Sie gezaubert haben."

Ich spüre Terrys Grinsen, ohne hinzusehen. Das darf ich jetzt auf gar keinen Fall, um nicht, angesichts Mrs

Avorys frechen Kommentars, in Gelächter auszubrechen.

„Einen Augenblick noch, meine Damen", wirft Miss Goosmore ein und sieht zur Tür herüber, die sich gerade öffnet. Herein treten vier Nonnen, altersmäßig nur unwesentlich jünger als der Großteil der Anwesenden. „Eine besondere Geburtstagsüberraschung für Sie, Mrs Avory. Ich weiß doch, wie gerne Sie Musik mögen und habe mir erlaubt, das Blockflötenquartett des benachbarten Klosters einzuladen." Sie deutet der ältesten und am strengsten dreinschauenden Nonne gegenüber eine Verbeugung an. „Oberschwester Edith, es ist uns eine Ehre. Sie können sich rechts des Geburtstagskindes aufstellen."

Oberschwester Edith und ihre drei Mitschwestern beziehen Stellung neben Mrs Avory.

„Werte Damen und Herren", sagt Oberschwester Edith mit fester Stimme. „Wir bringen Ihnen zu Gehör das Allegretto der siebten Symphonie Ludwig van Beethovens." Ihr Blick verrät, dass sie keine Widerworte duldet. Wir haben zuzuhören, ob wir wollen oder nicht.

Inbrünstig blasen die vier Schwestern in ihre Instrumente, und direkt offenbart sich ein eklatanter Missklang, der von der kleinsten Schwester stammt. Selbst ohne akustische Ortung ist sie eindeutig als Quelle auszumachen, da ihr Kopf einer überreifen Tomate gleicht und Oberschwester Edith nicht mit bitterbösen Blicken in ihre Richtung geizt.

Miss Goosmore bedeutet uns mit einem Kopfnicken, dass wir mit unserem Teil der Show fortfahren können.

Terry auf der einen, ich auf der anderen Seite der Tafel greifen nach dem Deckel der Box. Terry macht ein ratterndes Geräusch, das einen Trommelwirbel imitieren soll. Was angesichts des Hörvermögens der meisten Anwesenden ein überflüssiges Unterfangen ist.

Zudem legt sich das Flötenquartett jetzt mächtig ins Zeug. Schwester Tomatia, deren Kopf kurz vorm Platzen ist, führt den übermäßigen Druck über ihre Flöte ab, die so schrill wie ein Teekessel pfeift. Terry übergibt mir den Deckel, den ich beiseite halte, um einen Blick auf mein Meisterwerk zu werfen und – erstarre.

Das ist nicht die Buttercremetorte, die mich den gesamten gestrigen Tag beschäftigt hat!

Ich höre, wie Miss Goosmore zischend die Luft einsaugt, was daran liegt, dass das Flötenquartett zu einem Solo abgeschmolzen ist. Schwester Tomatia pfeift im wahrsten Sinne des Wortes aus dem letzten Loch, denn ihr Begleittrio hat die Tätigkeit eingestellt, und gafft stattdessen „mein Machwerk" in der Mitte der Tafel an.

„Das ist ja ein Lümmel!", kreischt eine Bewohnerin, von der ich dachte, sie würde, das Kinn auf ihrer Brust liegend, schlafen.

„Was?", krächzt Mrs Avory. „Mit Kümmel? Und das soll schmecken?"

„Keine Sorge", japst Miss Goosmore, „da ist bestimmt kein Kümmel im Kuchen, oder?" Ihr gehetzter Blick sucht den meinen, und ich nicke zögerlich. Ich kann immer noch nicht fassen, was auf dem Tisch steht.

„Dann will ich endlich ein Stück Kuchen!", schreit Mrs Avory mit erstaunlich kräftiger Stimme.

„Ich auch!“, stimmt die nächste Bewohnerin ein, woraufhin die noch stimmfesten Bewohner einen Sprechchor anstimmen, der ‚Ku-chen! Ku-chen!‘, skandiert.

Ich erkenne Schweißperlen auf Miss Goosmores Stirn, als die Tür auffliegt und ein Herr mittleren Alters im Anzug hereinstürmt. Mr Barns, der Leiter des Altenheims. „Was ist denn hier los?“

„Es ist … es tut mir leid, Mr Barns.“ Jetzt fürchte ich mehr um Miss Goosmore als um die kleine Schwester Tomatia, die ihr Pfeifen mittlerweile beendet hat und wie die anderen Mitglieder ihres Quartetts betreten zu Boden blickt.

Der Sprechchor der Bewohner verlangt hingegen weiter lautstark nach Kuchen.

„Jetzt schneiden Sie schon den verdammten Kuchen an!“, herrscht Mr Barns die arme Miss Goosmore an.

„Aber wo?“, fragt diese schüchtern und deutet auf den Kuchen, bei dem es sich, wie gesagt, nicht um meine kunstvolle Buttercremetorte handelt, sondern um die Nachbildung eines gigantischen Penis, inklusive Kronjuwelen. Die zitternde Spitze des Messers in Miss Goosmores Händen kreist nervös über dem Backwerk. Sichtlich überfordert mit der Aufgabe, den Phallus korrekt zu entmannen.

„Ich mach das.“ Terry streckt Miss Goosmore die Hand entgegen. Die Erleichterung ist spürbar, als sie Terry das Messer reicht. Wie eine Chirurgin führt Terry das Messer, kastriert den Backpenis kurzerhand und platziert die geteilten Teighoden seitlich. Das Ergebnis kann sich sehen lassen. Es sieht jetzt fast wie ein konventioneller länglicher Kuchen aus. „Passend zum Anlass das Blockflötenmodell“, kommentiert Terry, trennt die Gebäckeichel ab, platziert sie auf einem Teller und reicht den Mrs Avory. „Das beste Stück für unser Geburtstagskind.“

Mrs Avory grinst über beide Wangen und sieht aus wie ein Kind.

Schnell helfe ich Terry, den restlichen Kuchen zu verteilen, und verlasse mit ihr die Feier, nicht ohne Miss Goosmore zu informieren, dass wir die „Torte“ selbstverständlich nicht berechnen werden.

„Was zur Hölle war das?“, keife ich, als Terry und ich im Auto sitzen.

„Habe wohl die Schachteln verwechselt. Das war der Kuchen für den Junggesellinnenabschied. Schade.“

„Schade? Mehr fällt dir nicht dazu ein? Das wäre die Chance gewesen, einen regelmäßigen Kunden zu gewinnen.“

Mein Handy klingelt. Es ist das Magnolia Gardens, und ich überlege, nicht ranzugehen, reiße mich aber dann doch zusammen. Miss Goosmore hört sich gefasster an, versichert mir sogar, dass der Kuchen den Bewohnern gut geschmeckt und sich letztlich niemand an der ungewöhnlichen Form gestört habe. Dennoch solle die nicht wiederholt werden bei der nächsten Bestellung.

„Na siehst du? Du bist mal wieder viel zu verkrampft“, ist Terrys Kommentar, nachdem ich aufgelegt habe.

Stimmt das? Bin ich zu verkrampft? Ich muss an den Pinguin denken, der kann seine Verkrampftheit ebenfalls nicht ablegen.

5

Würde dich gerne treffen, heute Abend. (Zwinkersmiley)

Das ist alles. Diese Nachricht flattert am Morgen auf mein Handy, als Terry und ich dabei sind, das Café herzurichten.

Ich habe erstaunlich gut geschlafen. Entweder hatte Shaun keine Eroberung am Start, was ich nicht glauben kann, oder sie waren leise, was fast ebenso schwer zu glauben ist. Die dritte Möglichkeit ist, dass ich einfach zu tief schlief, um etwas mitzubekommen. Das ist zwar ebenfalls selten, aber von den drei genannten Möglichkeiten die Plausibelste. Und gerade an so einem Morgen, der gut startet, erreicht mich so eine Message.

Ich stecke das Handy wieder in die Hosentasche und wische weiter den Tisch ab.

„Alles gut?" Terry sieht mich von der Seite an.

Ich könnte ja sagen, weiß aber, dass sie das durchschauen würde. Also seufze ich und sage: „Philipp."

Terry schnaubt. „Hat er wieder Notstand?"

Ich zucke mit den Schultern, bemühe mich, gelassen zu wirken, obwohl es in mir anders aussieht. Philipp ist – ja, was ist Philipp eigentlich? Wäre es nicht so kompliziert und unerfreulich, würde ich sagen, dass er meine erste große Liebe ist. Oder war? Damit sind wir schon beim Kernproblem. Denn während ich mich seit

Jahren für Philipp freihalte, anfangs willentlich, mittlerweile unwillentlich, irgendwie kann ich mich daraus nicht lösen, hat Philipp stets eine Freundin, nimmt es aber mit der Treue nicht so genau. Ob ich seine einzige Daueraffäre bin, weiß ich nicht, ist aber egal. Fest steht, dass das, was Philipp macht, das Allerletzte ist. Und ich blöde Kuh bin ihm derart verfallen, dass ich wieder und wieder auf ihn hereinfalle. Terry sagt, ich müsse Masochistin sein und einen großen Selbsthass haben, um mich immer wieder in seine Fänge zu begeben.

„Du wirst ja wohl hoffentlich nicht wieder darauf eingehen?" Terry stemmt die Hände in die Hüften und schaut mich grimmig an. „Was hat der Typ nur an sich, dass er derart mit dir umspringen kann und du jedes Mal wieder zu ihm zurückkriechst?"

„Ich werde mich nicht melden", sage ich und weiß sogleich, dass es eine Lüge ist. Schon spüre ich dieses Prickeln im Bauch, sehe Philipps Gesicht vor mir. Das volle blonde Haar, die blauen Augen und das verschmitzte Lächeln, das mir den Atem raubt. Mein Herz hat schon entschieden, während mein Verstand die gleichen Mahnungen herausbrüllt wie Terry. Jedes Mal, wenn er sich nicht zurückmeldet, hat er bekommen, was er wollte. Und ich schwöre mir, beim nächsten Mal anders zu handeln, nicht erneut darauf einzugehen. Doch ich leide unter einer schweren Philipp-Abhängigkeit und benötige eine schonungslose Entziehungskur.

„Warum hast du ihn nicht längst blockiert?" Terry baut sich vor mir auf.

Ich blicke zu Boden. „Weiß nicht", gebe ich kleinlaut zurück.

Sie stößt seufzend die Luft aus. „Was mache ich nur mit dir?"

Das bringt mich zum Lachen. Es ist schon komisch, da normalerweise ich die Vernünftige bin, im Falle Philipp jedoch alles umgekehrt ist.

Terry bleibt ernst, kneift die Augen zusammen. „Ich finde das nicht lustig. Er spielt mit dir, und das macht dich fertig. Und jedes Mal wird es schwieriger, dich wieder aus dem Loch herauszuholen."

Ich möchte etwas entgegnen, doch in diesem Augenblick klopft es gegen die Glastür des Cafés. Ich sehe hindurch und erstarre. Was für ein heißer Typ! Ich bin völlig geflasht. Bemerke aus dem Augenwinkel, dass es Terry nicht anders geht. Braungelockter Kurzhaarschnitt über dem markanten Gesicht mit Drei-Tage-Bart und braune Augen, die uns fragend anschauen. Hinzu kommen die breiten Schultern – um mich ist es augenblicklich geschehen.

„Was für eine geile Sau!", entfährt es Terry, und ich muss ihr zustimmen, wenn auch nur innerlich. Äußerlich bin ich zu keiner Regung fähig. Befürchte ich, dass der Kerl vor der Tür eine optische Täuschung ist und verschwindet, sobald ich blinzele?

Wieder einmal ist Terry praktischer als ich, geht kurzerhand zur Tür und öffnet. „Kann ich Ihnen helfen?"

„Ich weiß, dass ich zu früh bin, aber kann ich trotzdem schon einen Kaffee haben?"

„Klar doch." Terry hält dem Mann die Tür auf.

„Guten Morgen", sagt der, während er auf mich zukommt.

Innerlich ohrfeige ich mich und kann dann ein „Guten Morgen" murmeln. Wieso habe ich mich nicht so im Griff wie Terry?

„So früh schon unterwegs?" Terry macht sich an der Kaffeemaschine zu schaffen.

Der Mann räuspert sich. „Das bringt der Beruf so mit sich, wie Ihrer offensichtlich auch."

„Wir müssen ja für die ganz frühen Vögel die Würmer bereithalten." Terry lächelt ihn an. Ich bin beeindruckt, wie lässig sie ist, spüre aber auch den Stich der Eifersucht. „Linn, kannst du mir helfen?", ruft Terry und dann, an den Mann gewandt: „Meine Kollegin ist sehr viel erfahrener und flinker mit der Maschine."

Wie auf Stelzen stakse ich um die Theke. „Was für einen Kaffee möchten Sie denn?" Meine Stimme klingt wie die eines Roboters oder bilde ich mir das nur ein? Je mehr ich darüber nachdenke, desto ungelenker erscheinen mir meine Bewegungen. Ich nehme den Siebträger zu spät vom Druckschalter der Kaffeemühle, so dass der vor Kaffeepulver überläuft. Und dabei weiß ich noch nicht einmal, welchen Kaffee der unverschämt heiße Unbekannte überhaupt haben will.

„Einen doppelten Espresso, bitte." Er lächelt mich an, und die Hitze erklimmt meinen Nacken, steigt hoch bis in meinen Kopf.

Ich muss mir die einzelnen Schritte der Kaffeezubereitung, die mir in Fleisch und Blut übergangen sind wie Atmen, im Kopf vorsagen, sonst fürchte ich, einen Fehler zu machen. Schließlich bringe ich einen doppelten Espresso zu Stande. Was für eine grandiose Leistung, tadele ich mich innerlich.

Der Unbekannte hebt eine Braue und sagt: „Können Sie ihn mir to go machen?"

„Aber selbstverständlich." Ich will einen Pappbecher nehmen, aber Terry kommt mir zuvor: „Wie ist denn der Name?"

Der Unbekannte zieht die Brauen zusammen und sieht sie irritiert an.

„Ist eine Tradition, dass die Becher personalisiert werden." Sie zuckt mit den Schultern.

„Bruce", entgegnet er.

„Ein toller Name", flötet Terry und schreibt den Namen auf den Becher. Ich erahne ihre Absichten und halte die Luft an. Doch sie macht nicht weiter. Auch noch nach seiner Telefonnummer zu fragen, das geht in dieser Situation wohl selbst Terry zu weit.

Sie reicht mir den Becher, und ich mache mich an die Zubereitung eines neuen Espressos.

„Sie können den ruhig umfüllen." Wieder lächelt Bruce mich an, und ich wische meine zittrigen Hände an der Schürze ab.

„Nein, nein." Ich streiche mir eine Haarsträhne hinters Ohr. „Selbstverständlich bekommen Sie einen frischen Kaffee."

„Heißen Sie Terry oder Linn?"

Die Frage trifft mich derart unvorbereitet, dass ich fast den frischen Espresso verschütte, als ich versuche, einen Deckel auf den Becher zu pressen.

„Sie ist Linn, und ich bin Terry", springt Terry mir bei.

„Gut zu wissen", sagt Bruce.

Was für eine seltsame Antwort ist denn das, denke ich. Bruce zahlt seinen Kaffee, und ich bekomme kaum mehr als den Preis, Bitte und Danke heraus und bin fast froh, als er das Café verlassen hat.

„Na?" Terry stößt mir den Ellenbogen in die Seite.

„Was?"

„Da hat es doch jemanden total umgehauen!"

Ich werde rot und zucke mit den Schultern. „Kann schon sein."

„Kann schon sein?" Terry lacht auf. „So, wie du aussiehst, musst du dich wahrscheinlich erst mal duschen und umziehen."

„Ich habe mich total zum Affen gemacht."

„Absolut richtig." Als sie meinen entsetzten Blick bemerkt, fügt sie hastig hinzu: „Aber es war auch total süß. Und ich habe das Gefühl, dass das Bruce triggert."

„Wenn sich eine Frau wie eine Vollidiotin aufführt?"

„So war es ja nun auch wieder nicht. Ich würde es eher als charmante Unbeholfenheit bezeichnen."

„Ich weiß nicht, ob das besser ist. Außerdem kann er es ganz anders aufgefasst haben."

Wieder stößt Terry mir in die Seite. „Jetzt mach dich nicht gleich wieder verrückt. Hake es als kleinen Flirt ab. Vor allem finde ich es super, dass du auf einen anderen Kerl reagierst und scheinbar gar nicht an den dämlichen Philipp gedacht hast."

Auch ich hätte nicht geglaubt, dass es ein anderer Mann schaffen würde, mich so aus dem Konzept zu bringen. Dann bin ich Philipp also doch nicht hoffnungslos verfallen? Das ist eine gute Nachricht und gibt mir ausreichend Sicherheit, mein Handy in die Hand zu nehmen und Philipp folgende Nachricht zu schreiben:

Kann heute Abend nicht.

Ich starre auf das Display, dann tippen meine Finger:

Ich will dich gar nicht mehr treffen.

Mein Daumen kreist über dem Sendensymbol, ohne dass ich ihn absenke. Stattdessen lösche ich den letzten Satz und schicke die ursprüngliche Nachricht ab. Ich muss das Schritt für Schritt angehen, denke ich und weiß sogleich, dass ich mir etwas vormache.

6

„Jetzt mach verdammt nochmal die Tür auf!"

Ich frage mich, wie lange ich das noch ignorieren kann. Randall tobt vor der Badtür, und natürlich ist Shaun der Grund. Shaun, der gestern Nacht nicht nur eine, sondern gleich zwei Frauen aus dem Club mit heimbrachte. Zwillinge. Über Zwillinge wird ja einiges gesagt, ihre spezielle Verbindung. Doch das finde ich sehr speziell. Sex mit demselben Kerl zur selben Zeit?

Ich bin Einzelkind und kann da womöglich noch weniger mitreden, aber die Vorstellung, mit einem Familienmitglied Sex zu haben, selbst, wenn man eine No-Touch-Regelung vereinbart hat, finde ich mehr als schräg. Selbst Terry und ich würden niemals auf so eine Idee kommen. Wobei ich für Terry nicht die Hand ins Feuer legen kann, sie ist in derartigen Dingen deutlich aufgeschlossener. Für mich wäre das ein No-Go.

Aber hier geht es nicht um mich und meine Prinzipien, sondern Shauns und die seiner Zwillinge, mit denen er sich offenkundig noch im Bad vergnügt. Ich schaue auf den Wecker. Sieben Uhr. Eigentlich wollte ich heute etwas länger schlafen. An Schlaf ist jedoch nicht mehr zu denken. Randall hämmert und brüllt irgendwas von einem vaginal fixierten Schwanzlurch, womit wahrscheinlich Shaun gemeint ist. Gut, dass unsere Nachbarin Mrs Gibbons fast taub und unter uns ein Büro ist, in dem die Mitarbeiter erst um acht Uhr erscheinen.

Was mit den Bewohnern in den Etagen über uns ist, bleibt nebulös. Noch nie habe ich jemanden im Hausflur oder Treppenhaus gesehen. So leben wir ungestört und stören auch selten jemanden. An manchen Tagen, so auch heute, würde ich mir allerdings wünschen, dass ein wütender Nachbar unsere Kerle zur Raison bringt.

Da mir der Wunsch auch dieses Mal nicht erfüllt wird, schwinge ich mit einem Seufzen die Beine aus dem Bett, gehe zur Zimmertür und öffne sie. Randall dreht sich zu mir um. „Ich werde noch wahnsinnig mit dem Kerl!" Er hebt die Faust, doch ich bin bereits bei ihm und hindere ihn daran, erneut gegen die Tür zu hämmern.

„Das hat doch keinen Sinn. Du weißt doch, dass du Shaun so nur herausforderst, noch länger zu brauchen", sage ich.

Randall schüttelt den Kopf und reibt sich die Stirn. „Es ist nur ... Es kann doch nicht sein, dass er immer damit durchkommt."

Ich deute in Richtung Küchentür. „Lass uns einen Kaffee trinken, und dann kannst du unser Bad benutzen."

Randall nickt resigniert. Er tut mir leid. In einer WG kann nicht nur einer seinen Kopf durchsetzen. Ich werde mit Terry sprechen, wir müssen uns irgendetwas überlegen, damit die Lage nicht völlig eskaliert. Vor meinem geistigen Auge sehe ich Randall mit einem Maschinengewehr ins Bad stürmen und dem ausgelassen kopulierenden Shaun das schöne Gesicht wegpusten.

Ich schüttele mich, und Randall sieht mich besorgt an. „Alles in Ordnung?"

Ich winke ab. „Alles gut."

„Ein Hausgeist?"

„Womöglich", antworte ich. Randall ist verschroben, aber gar nicht mal so verkehrt, denke ich wieder. Wenn er etwas mehr Mühe in seine Erscheinung investieren würde – wer weiß, was man aus ihm machen könnte. Er wäre ein guter Kandidat für die Sendung ‚Queer Eye' auf Netflix, bei der nerdige Typen umgestylt werden. „Was hältst du davon, wenn du morgens unser Bad mitbenutzt?"

„Das ist keine Lösung."

„Aber zumindest besser, als dass du irgendwann einen Herzinfarkt bekommst oder die Tür zu eurem Bad einschlägst."

„Beim Erstgenannten stimme ich dir zu. Das Einschlagen würde vielleicht Eindruck machen." Randall grinst.

Er hat ein wirklich nettes Lächeln, denke ich. Außerdem bin ich froh, dass sich die Stimmungslage etwas beruhigt hat. „Das glaube ich sofort." Ich muss ebenfalls grinsen. „Am besten berufen wir eine WG-Versammlung ein."

Das scheint Randall vollends zu versöhnen. Er nickt und verschwindet im Bad.

„Was habe ich verpasst?" Terry steht gähnend in der Küchentür.

„Wie konntest du das überhören?"

„Ohrstöpsel. Aber auch die konnten Randalls Randale nur teilweise dämpfen."

„Unberechtigt waren die ja nicht."

„Wir wissen doch, wie Shaun ist."

„Aber das macht es nicht besser. In einer WG müssen alle aufeinander Rücksicht nehmen, nicht die übrigen auf einen." Ich halte die Luft an, denn ich erwarte Widerworte von ihr, die mir klarmachen, dass ich zu verklemmt bin und das alles zu verbissen sehe, aber Terry nickt.

„Anfangs habe ich gedacht, dass wir uns schon irgendwie arrangieren werden. Ich habe sogar geglaubt, dass Shauns Schwanz irgendwann so wundgepoppt ist, dass er ruhiger wird oder tatsächlich so etwas wie Rücksichtnahme entwickeln würde."

Ich muss zugeben, ebenfalls darauf gehofft zu haben. Aber, wie so häufig, wenn man glaubt, dass sich zwischenmenschliche Konflikte einfach so regeln, entsteht nur Frustration und Resignation. „Ich habe Randall gesagt, dass wir eine WG-Versammlung abhalten."

Erneut überrascht mich Terry. „Gute Idee und wohl die einzige Möglichkeit."

Zwei Damen zu beglücken benötigt wohl mindestens die doppelte Zeit, zumindest bekommen wir Shaun nicht mehr zu Gesicht, bis auch Terry und ich geduscht haben und die Wohnung in Richtung Café verlassen. Wir hinterlassen ihm einen Zettel, dass wir eine WG-Versammlung heute um sechs Uhr abhalten. Shaun bricht meistens erst gegen sieben, manchmal sogar noch später in den Club 49 Soho auf.

Von unserem Apartment in der Lexington Street ist es ein kurzer Fußmarsch ins Café, den wir schweigend zurücklegen. Wer Terry nicht gut kennt, würde nicht vermuten, dass man mit ihr wunderbar schweigen kann. Zwar gibt es vieles, über das wir sprechen könnten, manche Dinge brauchen jedoch Zeit, müssen erst mit sich selbst ausgemacht werden, bevor sie gesprächspräpariert sind.

Wir öffnen das Café, die ersten Gäste erscheinen, und es ist einer dieser Tage, in dem sich alles in einem Fluss befindet. Terry wirbelt in der Backstube, und ich meistere den Cafébetrieb. Es sind diese Tage, die mich glauben lassen, dass es doch nicht die falsche Entscheidung war. Dass dieser kleine Betrieb unser Ding ist.

Dann geht die Tür auf, und es ist, als hätte jemand den Hahn, aus dem der Fluss strömt, zugedreht. Es ist Terrys Vater Roger! Zwar hatte sie sein Erscheinen angekündigt oder vielmehr in Aussicht gestellt, aber, wenn ich ehrlich bin, hatte ich das bereits wieder vergessen. Roger ist ein stiller Mann und sieht, wie er in seinem Pullunder mit schwarz-grauem Zick-Zack-Muster durch die Gläser seiner dicken Hornbrille starrt, aus wie ein ungewollter Hund, der ausgesetzt wurde. In diesem Augenblick offenbart sich die gesamte Gegensätzlichkeit Terrys und Rogers.

Während ich noch darüber sinniere, trete ich hinter der Theke hervor und gehe auf Roger zu. Dieser nähert sich langsam, was den Anschein macht, er würde über das Deck eines schwankenden Schiffs gehen. In der Mitte des Raums treffen wir aufeinander, vollführen unseren peinlichen Tanz des Nichtwissens, wie wir einander begrüßen sollen, entscheiden uns für eine verkümmerte Umarmungsandeutung, die in ein Händeschütteln übergeht. Obwohl ich Roger schon so viele Jahre kenne, ist er mir durch seine Introvertiertheit fremd geblieben. Was wenig verwunderlich ist, bedenkt man das Verhältnis zu seiner eigenen Tochter. Und dennoch, manchmal habe ich das Gefühl, dass ich

als Tochter womöglich besser zu ihm passen würde als
Terry und schäme mich im gleichen Augenblick meiner Gedanken. „Terry ist hinten in der Backstube", sage
ich, während wir den Tresen ansteuern.

Roger nickt.

„Möchtest du einen Kaffee?" Er nickt erneut, und ich
bin froh, dass nun zumindest meine Hände etwas zu
tun haben. Ich möchte Terry Bescheid geben, dass er da
ist, spüre jedoch, dass er mir etwas mitteilen will. Das
wäre nichts Neues. Es scheint ihm leichter zu fallen, zunächst mit mir zu sprechen, besonders, wenn es um unangenehme Neuigkeiten geht. Ich serviere ihm den
Kaffee, einen Cappuccino, und setze ein aufmerksames
Gesicht auf, in der Hoffnung, er versteht den Fingerzeig.

Er räuspert sich und sagt dann: „Ich wollte mit Terry
sprechen, weil ..." Er starrt auf die Milchschaumkrone
und scheint angestrengt nachzudenken. Es ist am besten, in dieser Situation abzuwarten, sonst werde ich
ihn verschrecken. „Ich habe jemanden. Also, ich kenne
jemanden, den ich vorher nicht kannte. Nicht so." Ich
sehe, dass sich Schweißperlen auf seiner Stirn sammeln und muss mir auf die Zunge beißen, um keine
Nachfrage oder Hilfestellung zu geben. „Ich habe jemanden kennengelernt", bricht es endlich aus ihm heraus.

„Das freut mich für dich." Ich berühre vorsichtig seinen Arm, den er auf dem Tresen abgelegt hat und bin
überrascht, dass er das mit einem Lächeln beantwortet.
Ich wollte mich nämlich schon selbst schimpfen, dass
ich zu impulsiv gehandelt habe.

„Sie arbeitet ebenfalls in der Finanzbehörde. Bei der Steuerprüfung. Sie heißt Elsa."

Ich nicke und überlege, ob ich eine Frage stellen soll, entscheide mich dann dagegen. Ich glaube, dass es besser ist, Roger von sich aus erzählen zu lassen.

„Ich wollte Terry davon erzählen. Meinst du, das ist okay für sie?"

„Aber natürlich. Sicherlich wird sie sich ebenfalls für dich freuen. Sehr sogar."

Ich freue mich tatsächlich sehr für ihn. Ist es nicht bezeichnend, dass häufig Dinge dann geschehen, wenn sie gerade Gesprächsgegenstand waren?

„Soll ich Terry holen?"

Roger wirkt nach meinem Zuspruch entspannter und nickt.

„Dein Dad ist da", sage ich, als ich die Backstube betrete.

„Und? Was ist los?" Terry pustet sich eine Haarsträhne aus der Stirn. Natürlich weiß sie, dass er erst mit mir gesprochen hat. Die Vorhersehbarkeit jahrelang etablierter Systeme.

„Dein Wunsch hat sich erfüllt."

„Er trägt keinen Pullunder?"

Ich lache. „Doch! Dieser Wunsch wird sich wohl nie erfüllen, aber er hat jemanden kennengelernt."

Terry macht große Augen. „Nicht wirklich!"

„Doch."

„Halleluja! Dann besteht ja doch noch Hoffnung für die Pullunderbefreiung."

Ich zucke grinsend mit den Schultern. „Geh doch rüber und sag ihm Hallo. Ich mache hier weiter."

„Cool." Terry reicht mir die Schürze und verlässt die Backstube.

Vielleicht kommt so ja einiges ins Lot zwischen den beiden, denke ich und ahne nicht, dass genau das Gegenteil der Fall sein wird.

7

„Wie kann man nur so schwanzgesteuert sein?" Randall ist wieder kurz vorm Ausflippen, und ich kann es ihm nicht verdenken. Shaun sitzt nämlich nur da, hört sich unsere Vorwürfe an, grinst und sieht einfach fantastisch aus. Wenn er sich wenigstens wehren und verteidigen würde, aber so bekomme ich mehr und mehr das Gefühl, dass wir völlig bescheuert sind, da wir nicht möchten, dass Shaun unser Bad für seine Dauerrammelorgien missbraucht.

„Bleib ruhig." Ich berühre Randall am Arm, was ihn tatsächlich etwas ruhiger werden lässt.

Shauns blaue Augen blicken von einem zum anderen, dann fährt er sich mit einer Hand durch sein Haar, legt den Kopf schief und sagt: „Ich möchte euch nur an eine Sache erinnern."

Mir sträuben sich die Nackenhaare, denn ich erwarte, dass Shaun gleich eine kleine Bombe platzen lässt, was ihm zuzutrauen ist. Man unterliegt nämlich schnell dem Trugschluss, Shaun aufgrund seines Aussehens und Auftretens als dumm abzustempeln, das ist er aber nicht.

„Darf ich euch daran erinnern, wer der Hauptmieter ist?"

Zack! Da ist es. Ich schnappe nach Luft. Erschreckend, wie schnell einem wichtige Dinge entfallen können, hat sich einmal Alltag eingestellt. Shaun hat recht. Er ist der Mieter des Apartments und hat die Zimmer lediglich an uns untervermietet. Im Härtefall kann er uns rauswerfen, wir ihn jedoch nicht. Und Nachmieter zu finden, ist in der Lage kein Problem.

„Das ist ja wohl nicht dein Ernst. Wie kann man so abgefuckt sein?", poltert Terry.

Shaun hebt abwehrend die Hände. „Hey! Ich habe doch nur an einen Fakt erinnert. Sonst gar nichts." Wieder dieses Grinsen, und dieses Mal ist nicht nur Randall kurz vorm Ausflippen. Ich hätte nicht übel Lust, Shaun sein dreistes Grinsen aus der Visage zu wischen.

„Kommt Leute." Ich bemühe mich um einen ruhigen Tonfall, was mir glücklicherweise gelingt. „Es bringt nichts, wenn wir uns gegenseitig drohen oder an die Gurgel gehen. Shaun, ich glaube kaum, dass du dir neue Mitbewohner suchen willst. So angenehm wie mit uns wirst du es kaum nochmal erwischen. Und wir wollen dich nicht angehen oder deinen Lebensstil in Frage stellen. Wir müssen aber einen Weg finden, dass wir und vor allem Randall, nicht tagtäglich dadurch Einschränkungen hinnehmen müssen."

Shaun gähnt geräuschvoll. „War es das?"

Ich presse die Lippen aufeinander. Der Typ ist doch echt das Allerletzte! Ich hole Luft, um ihm das entgegenzuschleudern, doch Terry fasst meinen Arm und hält mich zurück. „Du bist also nicht bereit, etwas zu verändern?", fragt sie mit bemerkenswert ruhiger Stimme, und ich ahne bereits, dass sie etwas ausheckt.

Shaun grinst wieder. „Hey." Er fährt mit seinen Fingerspitzen seine Flanken auf und ab. „Das ist einfach zu gut, um es den Ladys vorzuenthalten." Als würde diese Provokation nicht reichen, wendet er sich Randall zu und fährt fort: „Solltest auch mal ein bisschen auf deine

Figur achten und dir das Gestrüpp aus dem Gesicht mähen, dann würdest du vielleicht auch mal eine klarmachen."

Randalls Gesicht verfärbt sich puterrot, und ich sehe vor meinem geistigen Auge den Albtraum wahr werden: Jetzt geschieht es! Randall wird Shaun erschießen oder zu Tode prügeln. Aber Terry fasst ihn an der Schulter, und auch bei ihm verfehlt ihr Griff seine Wirkung nicht. „Lass gut sein!", sagt sie ruhig, aber bestimmt.

„Wenn es sonst nichts mehr gibt." Shaun springt auf und verlässt die Küche.

„Das kann der doch nicht machen!", schnaubt Randall, und ich vermute keinen Amoklauf mehr, sondern einen Herzinfarkt, so blass ist er plötzlich.

Terrys Hand, die immer noch auf seiner Schulter liegt, tätschelt die. „Tante Terry hat schon eine Idee, wie sich das regeln lässt."

Ich spüre ein Ziehen in der Magengegend. Ich kenne dieses Glitzern in Terrys Augen. „Was hast du vor?"

Sie klimpert mit den Augen. „Warum sollte ich etwas vorhaben?"

Randall sieht ratlos von mir zu Terry und dann wieder mich an. Ich zucke mit den Schultern. „Na, dann ist ja alles okay." Egal, was Terry vorhat, ich finde, dass Shaun es verdient hat. Vielleicht bin ich damit etwas zu voreilig. Aber so kann es nicht weitergehen, derart uneinsichtig, wie Shaun sich zeigt.

Mein Handy verkündet den Eingang einer Nachricht. Sie kommt von Philipp.

Hey! Hast du Zeit?

Terry sieht mich an und weiß unter Garantie, was los ist, denn sie verzieht den Mund und sagt: „Lass mich raten. Ich dachte, du hättest ihn ein für alle Mal in die Wüste geschickt."

Ich deute mit meinem Blick auf Randall, der immer noch mit uns in der Küche sitzt. Zwar ist der mit seinem eigenen Handy beschäftigt, aber es ist mir dennoch unangenehm, das vor ihm zu besprechen.

„Randall?", sagt Terry.

„Hmm?" Er blickt auf.

„Wir Mädels müssen mal etwas besprechen, okay?"

Er nickt und verlässt die Küche, ohne dabei den Blick von seinem Handydisplay zu nehmen.

„Also?" Terry hat die Hände in die Hüften gestemmt, und ich spüre einen Widerstand in mir.

„Ich habe ihm geschrieben, dass ich keine Zeit habe."

„Das ist nicht dasselbe."

Jetzt werde ich wütend, da Terry selbstverständlich richtig liegt und ich mich am meisten über mich selbst ärgere. Jedoch kann ich mir das im Moment nicht eingestehen, und so schimpfe ich: „Ach, lass mich in Ruhe! Du bist sicherlich nicht die Person, die mir Beziehungsratschläge geben sollte." Sofort bedaure ich, was ich rausgehauen habe. Schließlich hat Terry es gut gemeint, und in Sachen Männer haben wir bislang beide kein besonders glückliches Händchen bewiesen. „Sorry!", versuche ich es, aber Terry schüttelt nur den Kopf und wendet sich ab. Ich habe einen wunden Punkt erwischt, und der beste Weg ist, heute Abend keine weiteren Diskussionen zu führen. „Gute Nacht", sage ich und verlasse die Küche. Ob Terry etwas entgegnet, höre ich nicht mehr.

Ich liege im Bett und kann nicht einschlafen. Zu viele Dinge gehen mir durch den Kopf. Philipp, wie ich Terry angemacht habe, der uneinsichtige Shaun, sogar Roger, Terrys Vater. Dann drängt ein anderer Gedanke alles in den Hintergrund: Bruce. Seit er im Café aufgetaucht ist, denke ich häufig an ihn. Aber ich bin kein Teenager mehr, der sich in Schwärmereien verlieren kann. Ich muss die Sache realistisch sehen. Ich kenne nur seinen Vornamen, habe keine Telefonnummer und keine Ahnung, ob er sich jemals wieder in unser Café verirren wird. Warum geht er mir dennoch nicht aus dem Kopf?

Mein Handy vibriert, als eine weitere Nachricht von Philipp eintrifft:

Jetzt komm schon! Lass uns bald treffen.

Der hat ja Nerven! Ich schnaube verächtlich und aktiviere die Nicht stören-Funktion. Es stimmt, was Terry sagt: Ich bin für Philipp nur eine Spielerei, die er bei Bedarf abruft. Aber damit ist jetzt Schluss! Seltsamerweise beruhigt mich der Gedanke, und ich kann endlich einschlafen.

8

Es ist verdammt viel wert, eine Freundin zu haben, die nicht nachtragend ist. Am nächsten Morgen ist mein verbaler Ausrutscher vom Vorabend kein Thema mehr, und Terry und ich öffnen unser Café. Sie verschwindet in der Backstube, ich bleibe vorne. Mein Bauch sagt mir, dass wir bald mal wieder die Arbeitsbereiche tauschen sollten, und kurze Zeit später weiß ich auch, warum. Zwar ernte ich dafür, außer von Terry, meist irritierte Blicke, bin mir aber sicher, dass mein Bauchgefühl etwas auffangen kann, das in der Luft liegt. Und heute sind das Spannungen, die in Form von Philipp das Café betreten. Der hat mir gerade noch gefehlt! Ich hätte ihm doch zurückschreiben sollen, habe das heute Morgen aber ehrlich gesagt vergessen.

Als er schief grinsend auf mich zukommt, denke ich, dass es momentan zu viele gut aussehende Kerle in meinem Leben gibt, die mir Probleme machen. Bruce zwar eher unabsichtlich, aber er muss sich da einreihen, ganz klar. Mein größtes Problem steuert aber weiter auf mich zu, präsentiert mir seine Handflächen zu einer Ich-habe-nichts-zu-verbergen-Geste und sagt: „Sorry Süße! Da du dich nicht gemeldet hast, dachte ich, ich schaue mal vorbei."

Er sagt das so, als wäre es eine Selbstverständlichkeit, wir ein Paar und ich die treulose Partnerin. Dabei ist das keine Beziehung, sondern lediglich eine verkorkste

50

Affäre, die nur von meiner Dauerverknalltheit am Laufen gehalten wird. Ich muss das beenden!

„Ich habe mich nicht gemeldet, weil es nichts mehr zu sagen gibt." Ich bin stolz auf mich, wie klar das aus meinem Mund kommt und genieße die mimische Entgleisung, die ich in Philipps Gesicht beobachten kann. Das Grinsen ist schon mal aus der Visage.

„Was ist denn los, Süße?" Das klingt schon längst nicht mehr so selbstsicher, und auch das erfreut mich.

„Philipp, ich habe keine Lust mehr auf dieses Hin und Her. Ich möchte eine dauerhafte Beziehung und nicht diese Treffen auf Abruf, weil dir gerade der Sinn danach steht."

„Aber dieses Mal ..."

Ich hebe die Hand und bringe Philipp dadurch tatsächlich zum Schweigen. Selten habe ich mich so gut gefühlt. „Spar dir das. Das haben wir schon oft genug durchgekaut. Geh einfach."

Philipp sieht aus, als hätte ich einen Eimer kalten Wassers über ihm ausgeleert. Jetzt muss ich vorsichtig sein, nicht wieder schwach zu werden. Meine Harmoniebedürftigkeit sägt an meiner Durchsetzungskraft, indem sie mir ein schlechtes Gewissen einredet.

Ich presse die Lippen aufeinander und ignoriere den Drang, Philipp zu sagen, dass ich es nicht so gemeint habe und er nicht traurig sein soll. Im Kopf zähle ich von einundzwanzig rückwärts. Als ich bei achtzehn ankomme, nickt Philipp, dreht sich um und geht, ohne ein weiteres Wort.

Als er die Tür öffnet, kommen ihm ein Mann und eine Frau entgegen, die ich auf Anfang fünfzig schätze. Der Herr, gutgekleidet und mit den graumelierten Schläfen nicht unattraktiv, scheint Philipp zu kennen. Sie grüßen einander, aber da ist etwas in ihrer Körpersprache, das mir den Eindruck vermittelt, dass beiden das Aufeinandertreffen unangenehm ist. Auch die Frau wirkt angespannt, als sie und ihr Begleiter auf den freien Tisch in der Mitte zusteuern und Platz nehmen.

Das interessiert mich, und so gehe ich, entgegen unseren Gepflogenheiten, zum Tisch, um die Bestellung aufzunehmen. Normalerweise bestellen die Kunden am Tresen.

„Es geht nicht", zischt der Mann, als ich den Tisch erreiche. Er bemerkt mich und wendet sich mir mit einem falschen Lächeln zu.

„Willkommen bei TerryLinns. Was kann ich Ihnen bringen?"

„Einen Cappuccino und ein Stück Apple Pie und für dich, Liebste?" Bei dem letzten Wort fahre ich unwillkürlich zusammen. Es wirkt unecht.

Die Frau sieht mich nicht an, als sie sagt: „Für mich nur einen Kaffee. Schwarz."

„Keinen Kuchen?", fragt der Mann. Das vorgespielte Bedauern in der Stimme lässt mich frösteln.

„Nein!"

„Sie nimmt ebenfalls ein Stück Apple Pie", sagt der Mann, als hätte seine Begleiterin nichts gesagt.

„Alles klar." Ich widerstehe dem Drang, angewidert das Gesicht zu verziehen. Solche Typen, die ihre Frauen entmündigen, finde ich zum Kotzen. Ich frage mich, woher Philipp den Kerl kennt. Schade, dass ich nur den von mir gebackenen „konventionellen" Apple Pie habe, hier wäre eine Terry-Modifikation durchaus angebracht, wobei ich dann auch die Lady strafen würde. In dem Moment fällt mir ein, wie ich die Autorität des Patriarchen untergraben kann. Mit Tablett auf der Hand kehre ich zurück zum Tisch und serviere.

„Da fehlt doch ein Stück Kuchen, Miss."

Ich setze mein bestes Lächeln auf und entgegne dem unangenehmen Fatzke: „So ist es. Ihre Begleitung hat klar gesagt, dass sie keinen Kuchen möchte." Ich sehe die Lady an, die meinen Blick dankbar erwidert, und verlasse, ohne eine Antwort abzuwarten, den Tisch. Soll der Kerl doch nicht mehr wieder kommen. Auf solche Vollidioten kann ich verzichten und bin mir sicher, dass Terry das ganz genauso sieht.

Lange scheint der Ärger über meinen rebellischen Akt nicht anzuhalten, denn schnell sind die beiden in ein konspiratives Gespräch vertieft. Auch ohne, dass sie sich ständig gehetzt umschauen, habe ich eine Ahnung, dass es um unangenehme Themen geht. Ich kann nicht anders, als sie weiter zu beobachten. Dachte ich anfangs noch, dass es sich um ein Paar handelt, bin ich mir mittlerweile nicht mehr sicher. Sie wirken zwar vertraut, aber etwas scheint zwischen ihnen zu stehen.

Als der geschniegelte Typ seinen Kuchen verspeist hat, halte ich es nicht mehr aus und gehe los, um mich sogleich ans Abräumen zu machen, damit ich etwas von ihrem Gespräch aufschnappen kann.

„Drohst du mir etwa?"

Hat er das gerade tatsächlich gefragt? Ich bin fast beim Tisch, steuere aber dann den Nachbartisch an, den ich, obwohl er vollkommen sauber ist, abwische. Mein Plan geht auf. Sie führen ihre Unterhaltung fort, und ich kann noch etwas erhaschen.

„Ich kann dir das nicht weiter verschreiben. Das Zeug ist Gift."

„Jetzt tu doch nicht so. Du bedienst schließlich einen größeren Kundenkreis mit deinen Rezepten."

Die Unterhaltung zieht mich so in ihren Bann, dass ich den Zuckerstreuer umstoße, der vom Tisch rollt und mit lautem Getöse auf dem Boden zerschellt. „So ein Mist!", entfährt es mir. Ein Fluch, der sich mehr darauf bezieht, dass ich damit meiner Tarnposition ein Neonhinweisschild aufgesetzt habe. Jetzt kann ich es mir abschminken, noch irgendetwas zu erfahren. Mit rotem Kopf gehe ich Handfeger und Kehrblech holen, höre noch, wie der Schnösel hinter mir sagt: „Unaufmerksam und ungeschickt. Hier werden wir definitiv nicht mehr hingehen."

Als ich zurückkehre, sind die beiden verschwunden, das Geld liegt auf dem Tisch. Abgezählt. War doch klar. Ich beginne mit den Aufräumarbeiten und begrüße das nächste Pärchen, dieses Mal eines, das die Bezeichnung auch verdient. Bald ist das Café voll mit angenehmen Gästen, die sich höflich bedanken, Kuchen und Kaffee loben. Wieso kann nicht jeder Tag so sein?

Erst als wir abends die Tür abschließen, fällt mir das seltsame Paar wieder ein. Ich beschließe, Philipp zu fragen, wer der Typ ist und woher er ihn kennt. Dann fällt mir ein, dass ich Philipp ja aus meinem Leben gekickt habe und muss grinsen.

„Was ist los?" Terry, die gerade dabei ist, die Stühle zurechtzurücken, sieht mich fragend an.

„Ich habe dir noch gar nicht erzählt, wie straight ich heute war."

„Jetzt bin ich gespannt!"

Ich erzähle Terry von Philipps Besuch am Morgen, Terrys Augen werden, während ich erzähle, immer größer, und am Ende klatscht sie vor Begeisterung in die Hände und fällt mir dann sogar um den Hals. „Ich bin so stolz auf dich!", jauchzt sie.

„Ist mir auch echt nicht leicht gefallen", gebe ich zu.

„Das verstehe ich. Umso stolzer bin ich, dass du nicht eingeknickt bist. Dafür habe ich etwas!" Terry springt auf und verschwindet in der Backstube. Sie kommt mit einem Beutel Gras zurück.

„Wirklich?" Ich ziehe die Stirn kraus.

Sie knufft mir in die Seite. „Zur Feier des Tages. Nur ein kleines Tütchen."

Ich schüttele den Kopf. „Ich genehmige mir zu Hause lieber ein Glas Wein." Ein angenehmer Gedanke nach diesem Tag und nachdem ich Philipp in die Wüste geschickt habe.

„Dann bleibt mehr für mich." Terry beginnt mit den Vorbereitungen und ich bin ihr dankbar, dass sie die zumindest hinter dem Tresen vornimmt, schließlich ist die Front des Cafés verglast.

Das Telefon klingelt, und mir fällt ein, dass wir noch nicht den Anrufbeantworter eingeschaltet haben. Ich schwanke zwischen klingeln lassen, schließlich haben wir schon Feierabend, und Neugierde. Die Neugierde siegt.

„Endlich erreiche ich dich mal, Kind. Traurig, dass ich dafür extra im Café anrufen muss."

Ich kneife die Augen zusammen, als hätte ich Kopfschmerzen und es würde mich auch nicht wundern, wenn die gleich kämen. Hätte ich das Telefon doch einfach klingeln lassen. „Es freut mich auch, deine Stimme zu hören, Mom." Ich hoffe, dass der sarkastische Unterton durch die Leitung transportiert wird. Selbst wenn weiß ich, dass meine Mutter gegen den immun ist.

„Du könntest dich wenigstens ab und zu mal melden. Und dann erfahre ich auch noch durch Judith Borrows, dass ihr einen skandalösen Kuchen im Magnolia Gardens abgeliefert habt."

„Der aber geschmacklich gut ankam."

„Du solltest das nicht runterspielen. Professionelles Arbeiten ist …"

„Hör mal", schneide ich meiner Mutter das Wort ab. „Die Angelegenheit ist geklärt, Miss Goosmore hat uns bereits mitgeteilt, dass wir weitere Aufträge aus dem Magnolia Gardens bekommen werden." Bevor meine Mutter darauf etwas entgegnen kann, sage ich: „Ich habe einen langen Tag hinter mir und werde mich bei dir melden. Hab dich lieb." Dann lege ich auf.

Terry applaudiert mir. „Miss Fleet, ich bin tief beeindruckt. Was hast du heute nur eingeworfen? Das brauche ich auch."

Ich grinse. Das war wirklich ein guter Tag und ich würde mir wünschen, dass er eine Trendwende markiert, kenne mich aber gut genug, um zu wissen, dass schon bald meine Harmoniebedürftigkeit die resolute Linn in ihre Schranken weisen wird.

9

Den Pinguin und sein Stürmen unseres „Ketamin-Happenings" habe ich schon völlig vergessen. Er macht seine Ankündigung, ab jetzt sonntags zu erscheinen, wahr. Beim Betreten des Cafés wirkt er anders als sonst. Ruheloser. Wahrscheinlich befürchtet er, wieder auf durchgeknallte Spiegel- und Tassenstarrer zu treffen.

Die Hälfte der Tische ist besetzt, aus den Boxen plätschert Norah Jones – so stelle ich mir den Cafébetrieb vor.

Pinguin sondiert von der Tür aus zunächst die Lage. Das macht er immer so. Ich bin mir nicht sicher, ob er nach Terry oder einem wilden Tiger Ausschau hält, aber heute bleibt er erstaunlich lange vorne stehen, selbst für seine Verhältnisse. Weder Terry noch Tiger zeigen sich in der Beobachtungszone, und so wagt Pinguin sich durch den Raum auf die Kuchentheke zu, hinter der ich stehe.

„Hallo, der Herr", flöte ich. Eine altbackene Formulierung, aber die passt zu Pinguin, der wieder in einem schwarzen Anzug steckt und sich an seiner Aktentasche festhält, was an einem Sonntag umso kurioser ist. Ob Anzug und Tasche womöglich angewachsen sind? „Einen Cappuccino und ein Stück Marmorkuchen?" Ich bin immer ein bisschen stolz, wenn ich die Vorlieben meiner Gäste, auch wenn es nicht gerade viele sind, kenne.

Pinguin schüttelt den Kopf. Muss er sich gleich übergeben? Irgendwas an seiner Haltung lässt seine Erscheinung noch unglücklicher wirken als sonst. Ob ich ihn danach fragen soll? Ich entscheide mich dagegen. Einem Mann wie Pinguin sind derartige Fragen bestimmt zu indiskret.

Er versucht sich an einer aufrechten Haltung, aber sofort schnellt sein Kopf wieder zurück auf Brusthöhe, als wäre er an einem Gummiband befestigt. „Haben Sie Käsekuchen?" Er lässt seinen Blick über unsere Kuchenauswahl krabbeln.

„Selbstverständlich." Ich zeige auf ein wahres Prachtstück, dem ich einen Ehrenplatz in der Mitte der oberen Etage der Kuchentheke zugestanden habe. Der Käsekuchen gehört zu unseren Highlights. „Ein Stück zum Cappuccino?", frage ich und hole das Kuchenmesser aus der Schublade.

Pinguin zuckt zusammen, als hätte ich ihm mit dem Messer ins Auge gestochen.

„Nein, nein", stammelt er. „Ich möchte ... ich werde ... Packen Sie mir den ganzen Kuchen ein."

Ich verkneife mir eine Bemerkung, um Pinguin nicht völlig aus dem Konzept zu bringen. Was ist bloß los mit ihm? Und wofür braucht er einen ganzen Kuchen? Er war einer der ersten Gäste unseres Cafés, kommt mit einschläfernder Verlässlichkeit für Cappuccino und Marmorkuchen.

Pinguin zahlt, indem er umständlich erst sein Münzfach durchsucht, um sich dann umzuentscheiden und eine 50-Pfundnote herauszufischen.

Ich nehme den Schein entgegen und will Pinguin fragen, ob alles in Ordnung ist, da tut es einen Schlag, und ein Aufschrei ertönt. „Shit! So ein Mist!"

Mein Blick folgt dem Ursprung des Tumults, und ich erblicke einen Tisch, an dem bis eben noch zwei jüngere Mädels saßen. Jetzt stehen beide, während sich Kaffee aus einer umgekippten Tasse vom Tisch aus auf den Boden ergießt. Na super!

Ich drücke Pinguin sein Wechselgeld in die Hand, bevor ich mir Eimer und Wischer schnappe, um die Sauerei zu beseitigen. Erst viel später werde ich wieder an Pinguin und sein seltsames Verhalten denken.

„Hi", höre ich neben mir, blicke auf und erstarre.

„Hallo", antworte ich völlig tonlos. Ich weiß noch nicht einmal, ob überhaupt ein Laut über meine Lippen kommt. Ich starre in die braunen Augen in dem markanten Gesicht mit Drei-Tage-Bart.

„Ich dachte, ich schaue mal zu den regulären Geschäftszeiten vorbei."

Ich nicke und merke erst, dass ich den mit Kaffee getränkten Lappen, den ich in der Hand halte, vor Anspannung zusammenpresse, als sich die braune Soße auf meine Schuhe ergießt. Das wäre nicht allzu schlimm, aber ein paar Spritzer treffen auch seine Hose – Bruce'.

„Sorry! Das tut mir so leid!", rufe ich aufgebracht.

Bruce lächelt, und ich glaube, dass ich gleich kopfüber in meinen Putzeimer stürze. „Kein Problem. Die muss eh in die Wäsche."

„Das mache ich." Was rede ich da?

Bruce sieht mich irritiert an. „Was meinen Sie?"

„Ihre Hose. Ich kann Sie Ihnen waschen." Könnte mir bitte mal jemand einen Schlag auf den Hinterkopf geben? Wo ist Terry? Ich blicke mich Hilfe suchend um.

Bruce lacht. „Machen Sie sich keine Umstände. Ich habe dafür eine Maschine."

Ich versuche zu lächeln, beende das Experiment aber sogleich wieder. Das Ergebnis sieht sicherlich aus, als würde ich gleich in Tränen ausbrechen. Und das trifft mein Empfinden auch besser. Warum überfordert mich dieser Kerl so? Es ist dieses seltsame Gefühl, dass er, obwohl er weit über meiner Liga ist, sich tatsächlich für mich interessiert. Oder meine ich das nur? Ist er einfach nur höflich? Hat womöglich Mitleid? Das wäre am schlimmsten!

„Hören Sie. Ich setze mich einfach an den Tresen und lasse Sie das erst mal fertig machen, und dann machen Sie mir einen Kaffee?" Er legt den Kopf schief und fügt an: „Ich habe es nicht eilig."

Ich nicke, meine Kehle ist wie zugeschnürt. Ohne aufzusehen wische ich den Kaffee auf, und kehre zurück zum Tresen, um den zwei Tollpatschen einen neuen Kaffee zu machen. Den benötigen sie zwar nicht, ist Bruce' Anblick, der sie in seinen Bann geschlagen hat, offenbar aufweckend genug. Noch bevor er etwas sagen kann, sage ich: „Einen doppelten Espresso?"

Dafür ernte ich ein anerkennendes Nicken, was mir ein wenig Selbstsicherheit zurückgibt. Es gelingt mir, das Getränk zustande zu bringen und, ohne weitere Zwischenfälle, vor Bruce auf dem Tresen zu platzieren.

„Danke."

„Geht aufs Haus." Ich beginne, die Maschine zu putzen, damit meine Hände beschäftigt sind und nicht wieder etwas Dummes anstellen.

„Das ist doch nicht nötig."

„Doch, das ist das Mindeste. Nachdem Sie mich Ihre Hose ja nicht waschen lassen wollen." Ich breche in Gelächter aus, weil ich mir vorstelle, wie ich Bruce mitten im Café dazu nötige, seine Hose auszuziehen, um sie zu waschen. Eine Stimme in mir sagt mir, dass das gar keine schlechte Idee wäre, und ich muss noch mehr lachen.

Bruce sieht mich eine Sekunde an, dann stimmt er in mein Lachen ein. Eine ältere Dame, außer den beiden Mädels, deren Dialog neben ihrer „Bruce-Studie" nur schleppend wieder in Gang kommt, wirft uns einen irritierten Blick zu, was mir egal ist. Leider ist ein Espresso, selbst ein doppelter, schnell getrunken, und so verabschiedet er sich, und mir wird wieder bewusst, dass ich keine neuen Informationen über ihn sammeln konnte. Mir wird nichts Weiteres übrig bleiben, als auf einen weiteren Cafébesuch von ihm zu hoffen.

10

„Das musst du lesen!“

Ich bin noch nicht richtig wach. Ich habe die Nacht schlecht geträumt und mich missmutig ins Café geschleppt. Hinzu kommt, dass ich kein Morgenmensch bin. Selbst mehrere Tassen Kaffee, die ich bereits aus unserer Maschine gezapft habe, können meine Laune nicht bessern. Es ist mir ein Rätsel, wie es Terry gelingt, bereits morgens derart gut gelaunt zu sein. Und das auch noch an einem Montag. Ich halte es da wie Garfield und kann diesem Wochentag nichts abgewinnen.

Ich seufze und werfe einen kurzen Blick auf das Display ihres Smartphones, das sie mir vor die Nase hält. „Sorry, zu früh zum Lesen.“ Ich hoffe, dass ich das Thema damit abhaken und noch etwas in Ruhe vor mich hin träumen kann. Das Café ist leer, und tatsächlich bin ich heute sogar froh darüber.

„Der Notruf erreichte die Polizei in den frühen Morgenstunden. Die dreiundfünfzigjährige Frau war nicht ansprechbar und wurde umgehend in das St. Thomas’ Hospital eingeliefert“, liest Terry aus dem Artikel der Times von ihrem Smartphone vor.

Ich zucke mit den Schultern.

„Der Pinguin“, flüstert Terry, als könne der sie hören. „Seine Frau.“

Mein Gott! Muss sie das, was sie mir sagen möchte, auf so eine umständliche Tour rüberbringen? Ich schnaube. „Red doch mal Klartext!“

„Schon gut!“ Terry hebt abwehrend die Hände. „Die junge Frau ist noch nicht ganz bei sich. Harte Nacht gehabt?“

„Irgendeinen Mist geträumt.“ Ich reibe mir die Augen. „Was ist jetzt mit Pinguins Frau?“ Terry hat es wieder einmal geschafft, mich neugierig zu machen.

„Tot!“

Damit reißt sie mich aus meiner Müdigkeit. „Ein Unfall?“

„Ist wohl noch nicht ganz klar. Pinguin hat sie bewusstlos gefunden und den Krankenwagen gerufen, aber da war es schon zu spät.“

„Und woher weißt du, dass es sich dabei um Pinguins Frau handelt?“

„Mrs Norch, die Apothekerin, für die ich die Medikamente ausfahre. Die weiß immer alles über die Leute, die bei ihr die Medikamente holen, und dazu gehört auch die Nachbarin vom Pinguin, die das ganze Drama live miterlebt hat.“

Ich muss den ganzen Tag an Pinguin und seine Frau denken und dass er sich beim letzten Mal so merkwürdig verhalten hat. Ob es da einen Zusammenhang gibt? Das Pärchen an Tisch drei erhebt sich, und ich mache mich ans Abräumen, während der Pinguin mir nicht aus dem Kopf geht. Irgendwie fällt es mir schwer, ihn mir als trauernden Ehemann vorzustellen. Überhaupt als Ehemann. Auch wenn sich das hart anhört, aber mit seiner steifen Art ist er für mich fast schon asexuell. Ich muss grinsen, als ich Terrys Stimme in meinem Kopf höre, die mir sagt, dass steif sein doch durchaus gut ist für Sex.

Als hätte sie gespürt, dass ich an sie denke, steht Terry plötzlich neben mir und kaut auf ihrer Unterlippe. „Was ist los?", frage ich sie.

„Der Terminator hat sich gemeldet."

Jetzt verstehe ich ihre Miene. Der Terminator ist unser Vermieter James Norwood. Ein aufgepumpter Kerl, ohne nennenswerte Mimik, der tatsächlich Ähnlichkeit mit Arnold Schwarzenegger in seiner Paraderolle als T1000 hat. „Scheiße!", entfährt es mir. Wieso kommt das Monatsende Monat für Monat so unerwartet? Was natürlich Schwachsinn ist. Ebenso, wie das alljährlich plötzlich auftretende Weihnachtsfest.

„Haben wir genug eingenommen?" Terry hilft mir beim Abräumen des Tischs, wischt mit einem Lappen Krümel von der Tischplatte auf das Tablett in ihrer anderen Hand.

„Heute ist ein guter Tag." Ich lasse meinen Blick durch den Raum schweifen. Die anwesenden Gäste sind allesamt in angeregte Gespräche vertieft, somit sollte es in Ordnung sein, dieses Gespräch fortzuführen. Meine Mom wäre empört. Schließlich gehörten diese Themen hinter geschlossene Türen, was sie nicht müde wurde zu betonen. Terry und ich achten schon darauf, dass kein Unbeteiligter zuhören kann, wenn wir solche Dinge besprechen, aber dafür extra in unser Abstellkammerbüro gehen? No way! „Aber leider sind die wenigsten Tage im Monat wie dieser."

Terry nickt. Natürlich weiß auch sie das. Ihre unbekümmerte Art kann einen fälschlicherweise vermuten lassen, sie wäre realitätsfremd oder würde nicht alles mitbekommen, aber das stimmt nicht. Terry hat einfach ihre eigene Art, mit den Dingen umzugehen.

Manchmal ist das anstrengend, aber häufig erfrischend.

„Dann werde ich mich um ihn kümmern", sagt sie und marschiert, ohne dass ich mich dazu äußern kann, mit dem Tablett auf den Armen in Richtung Küche.

Dass Terry sich um den Terminator kümmert, kann vieles bedeuten, und in den meisten Fällen ist es besser, wenn ich nicht so genau weiß, wie das aussieht. Anfangs habe ich mich eingemischt und ihr Dinge ausgeredet. Aber es gibt Dinge, die Terry besser beherrscht, und ich habe mir angewöhnt, ihr dabei freie Hand zu lassen. Es wäre nicht fair, unangenehme Dinge auf sie abzuwälzen und ihr dann meine Vorgehensweise aufzuzwingen. Dann müsste ich die Angelegenheit schon selbst in die Hand nehmen. Und der Terminator ist meist derart unangenehm, dass er eine kleine Lektion verdient hätte, finde ich.

Als er eine Stunde später im Café aufschlägt, gebe ich mich beschäftigt, obwohl es sich mittlerweile geleert hat. „Meine Geschäftspartnerin kommt gleich." Ich lasse ihn stehen und verschwinde nach hinten.

„Er ist da", sage ich zu Terry, die gerade ein Backblech mit Muffins aus dem Ofen holt.

„Perfektes Timing."

Ich betrachte die Schokoladenmuffins, die Terry gut gelungen sind. „Sehen gut aus."

Terry grinst und hat einen verschwörerischen Blick, der mich zweifeln lässt, ob mit diesen Muffins wirklich alles in Ordnung ist. „Will ich es wissen?", frage ich.

Terry zuckt mit den Schultern. „Ich habe unserem geschätzten Herrn Vermieter nur Schokoladenmuffins gebacken, da ich doch weiß, wie gerne er die mag."

„Na dann." Ich klopfe Terry auf die Schulter. „Hoffe ich doch, dass sie ihm gut schmecken werden."

Ich betrete meine Abstellkammer, möchte mich mit der Buchhaltung auseinandersetzen, als das Telefon klingelt.

„TerryLinns, hallo?", melde ich mich und mir wird wieder bewusst, wie sehr ich den Namen unseres Cafés mag. Einfach und kurz. Meine Mutter mahnte selbstverständlich sogleich an, dass mein Name an zweiter Stelle kam. Aber ,LinnTerrys' rollt einem nicht so leicht über die Zunge wie ,TerryLinns', und für Terry und mich sind solche Überlegungen sekundär.

„Elenore Goosmore. Aus dem Magnolia Gardens."

„Hallo, was kann ich für Sie tun?"

„Einer unserer Bewohner, Ron Simmens, feiert in zwei Tagen seinen hundertsten Geburtstag."

„Wow!", entfährt es mir, und sogleich möchte ich mir auf die Zunge beißen.

Aber Miss Goosmore scheint meinen Ausruf wohl nicht als Entgleisung zu betrachten, sondern entgegnet: „Ja, viele unserer Bewohner erreichen ein gesegnetes Alter. Das verdanken sie unter Garantie unserer guten Pflege."

„Da bin ich mir sicher." Ich hoffe, das kommt nicht zu schleimig rüber, aber irgendwie glaube ich, dass Miss Goosmore für so etwas kein Gespür hat.

„Können Sie eine Mandeltorte für unseren lieben Mr Simmens zaubern?"

„Aber selbstverständlich und sehr gerne."

„Die Feier beginnt um zwei Uhr, bitte seien Sie pünktlich."

„Natürlich."

„Und, Miss Fleet?"

„Ja?"

„Keine Überraschungen dieses Mal."

„Natürlich nicht. Machen Sie sich keine Gedanken, wir sind pünktlich mit einer konventionellen Mandeltorte da."

„Sehr schön. Dann bis Mittwoch."

Ich muss zugeben, dass ich nervös bin nach diesem Gespräch. Nicht, weil eine Mandeltorte eine größere Herausforderung ist, sondern weil ich weiß, dass dies nach unserem Dödel-Inferno die letzte Chance ist, die wir bekommen. Ich muss an die kleine Schwester Tomatia denken und hoffe, dass sie von der gestrengen Oberschwester nicht zu sehr für ihr falsches Spiel gerügt wurde. Warum muss ich gerade jetzt an sie denken?

Ich gehe in die Backstube und bekomme mit, wie der Terminator voller Begeisterung einen Schokomuffin vertilgt. Terry steht ihm gegenüber und obwohl ich nur ihren Rücken sehe, weiß ich, dass sie erwartungsvoll grinst.

Was dann passiert, ist trotz der Tatsache, dass ich eine Reaktion des Terminators erwarte, unerwartet. Er stößt ein Geräusch aus, das irgendwas zwischen Japsen und Verschlucken ist. Als hätte er eine Fliege verschluckt, die nun sein Zäpfchen als Sandsack nutzt. Unter dem blonden Bürstenhaarschnitt läuft das Gesicht des T1000 puterrot an, auch die Augen erinnern jetzt an das filmische Vorbild, da sie rot hervortreten. Die von mir vorgestellte Fliege im Hals des Terminators scheint das Zäpfchen in seinem Rachen nun wie einen Basketball zu dribbeln. Sein Adamsapfel macht das Manöver mit, zuckt auf und ab, während die Adern am Hals pulsierend hervortreten. Er will etwas sagen, aber, immer wenn er den Mund aufmacht, hustet er.

„Sie Armer!", ruft Terry. „Ich hole Ihnen mal ein Glas Wasser." Sie dreht sich um und bedeutet mit einem Kopfnicken, dass ich in den Gastraum gehen soll. Der Aufforderung komme ich gerne nach.

Ich beeile mich, die Gäste, die allesamt zum Zahlen bereit sind, abzukassieren, schließlich muss der Terminator, dessen Schaltkreise Terry offenbar überhitzt hat, unser Café noch verlassen.

Die Tür zur Backstube fliegt auf, und er stürmt heraus. Weniger rot, als noch zuvor, aber immer noch mit geröteten und tränenden Augen. „Daf wird ein Nachfpiel haben", lispelt er und deutet mit dem Finger auf Terry.

„Es tut mir so unglaublich leid. Aber ich muss den Vorwurf an den Hersteller der Chili-Schokolade weitergeben, die ich verwendet habe. So etwas ist noch nie passiert." Terry schüttelt fassungslos den Kopf.

Der Terminator überlegt kurz, entscheidet sich dann aber im Sinne seines immer noch in Flammen stehenden Mundes und verlässt das Café ohne ein weiteres Wort.

„Das war keine gute Idee", sage ich, als die Tür hinter ihm zugefallen ist.

Terry zuckt mit den Schultern. „Vielleicht, aber auf die Schnelle ist mir nichts Besseres eingefallen."

„Das verschafft uns allenfalls Aufschub und möglicherweise eine Klage."

„Einen bleibenden Schaden wird er von einer Chilischote nicht behalten und Aufschub ist doch das, was wir wollten.“

„Wir müssen aber dahin kommen, dass wir keinen Aufschub mehr benötigen und falls doch, müssen wir den mit Worten heraushandeln.“

„Aber ein bisschen lustig war es schon.“ Terry streckt die Zunge heraus und ruft: „Das System ist überhitzt! Notabschaltung! Notabschaltung!“

„Du bist unmöglich!“ Ich boxe Terry gegen die Schulter, kann mir aber ein Grinsen nicht verkneifen. „Versprich mir, dass wir in der Zukunft einen anderen Weg finden.“

Terry nickt. „Versprochen.“

Das versöhnt mich, auch, da ich zugeben muss, nicht unbeteiligt an der Sache zu sein. Schließlich gebe ich unangenehme Dinge bereitwillig in Terrys Hände und könnte selbst einen Lösungsvorschlag unterbreiten. „Wir schaffen das gemeinsam“, sage ich.

„Aber klar doch.“ Terry legt den Arm um meine Schulter und drückt mich kurz an sich. „Schließlich können wir nicht zulassen, dass die Maschinen die Macht übernehmen.“

11

Terrys Behandlung des Terminators scheint erfolgreich zu sein, auch am nächsten Tag lässt er sich nicht wieder blicken, und den Tag darauf steht dann unser zweiter Besuch im Magnolia Gardens an. Dieses Mal habe ich unzählige Male in die Kuchenschachtel geschaut und dennoch Panik, dass wir einen unfreiwilligen Auftritt haben werden.

Die Mandeltorte wurde von mir gebacken nach konventionellem Rezept. Eigentlich dürfte nichts schiefgehen, und doch schlägt mir das Herz bis zum Hals.

Terry parkt ihren klapprigen Ford Fiesta, der aussieht, als wäre er fünfhundert Jahre alt und seitdem nicht mehr gewaschen worden, auf einem freien Parkplatz. Laut Terry ist der Dreck zwingend notwendig, um das Vehikel zusammenzuhalten, und ich glaube ihr. Die Karre macht bei jeder Kurve Geräusche, die ihr unmittelbares Auseinanderfallen befürchten lassen. Diesem Eindruck zum Trotz hat uns die Rostlaube noch nie im Stich gelassen und stets zuverlässig zum Ziel befördert.

„Wird schon schiefgehen."

„Es ist nur …" Ich räuspere mich. „Es wäre schon gut, wenn wir das Magnolia Gardens als Stammkunden gewinnen könnten. Dann würden wir sicherlich regelmäßig gute Aufträge bekommen und hätten weniger Probleme, die Miete zusammenzubekommen."

„Wie du schon sagtest, gemeinsam schaffen wir das. Ob gegen die Maschinen oder in einem Land vor unserer Zeit."

Ich benötige einen Moment, um Terrys Aussage zu verstehen, dann muss ich lachen. „Also ist das Magnolia Gardens das Land vor unserer Zeit?"

Terry zuckt mit den Schultern und grinst ebenfalls.

Ich öffne die Wagentür und schwinge die Beine heraus. Terry folgt meinem Beispiel.

Die Geburtstagsrunde von Mr Simmens ist deutlich überschaubarer als die von Mrs Avory vor einigen Tagen. Die Präsentation der Mandeltorte verläuft unspektakulär und somit, wie von mir erwünscht.

Ob Mr Simmens überhaupt mitbekommt, dass er einen Kuchen bekommt, bleibt unklar. Er gehört zu der Fraktion der Bewohner, die im Rollstuhl herumgefahren werden, ohne nennenswert auf ihre Umwelt zu reagieren. Er tut mir leid und sogleich schäme ich mich dafür. Wer sagt mir, dass Mr Simmens nicht doch etwas mitbekommt, sogar glücklich ist?

Wir verlassen die Feier, tatsächlich mit einer guten Bezahlung plus Trinkgeld. Miss Goosmore ist die Erleichterung ob der komplikationsfreien Präsentation deutlich anzumerken. Und sie begleitet uns fröhlich schwatzend zur Rezeption. Dort erblicke ich jemanden, der mir bekannt vorkommt. Als er sich umdreht und sein falsches Grinsen präsentiert, wird mir klar, woher: Das ist der unangenehme Kerl, der mit der Lady im Café war, der er den Kuchen aufdrängen wollte.

„Was ist mit dir?", flüstert Terry.

Bevor ich etwas entgegnen kann, eilt Miss Goosmore auf den Gentleman zu und begrüßt ihn freudig: „Dr. Sullivan. Schön, Sie zu sehen."

„Miss Goosmore." Er deutet einen Handkuss an, und ich möchte mich spontan übergeben. Der Typ ist widerwärtig. „Mir ist es ebenfalls eine Freude." Dann erblickt er mich, und einen kurzen Augenblick bekommt seine gelackte Fassade einen Riss. Ob er mich wiedererkennt? Dann ist der Moment vorbei, und er ist zurück in der Rolle. „Ich wollte ein paar meiner Patienten besuchen."

„Aber selbstverständlich gerne. Soll ich Sie begleiten?"

„Das wäre mir eine außerordentliche Freude."

Miss Goosmore wendet sich zu Terry und mir. „Ladys. Danke noch einmal für Ihre Mühe. Wir melden uns dann wieder bei Ihnen."

Terry deutet einen Knicks an, und ich muss mir von innen auf die Wangen beißen, um nicht in Gelächter auszubrechen.

Beim Verlassen des Hauptgebäudes schnaubt Terry. „Was für eine Show! Ich kam mir vor wie bei Bridgerton. Ich finde die Serie schon super nervig, aber die Reality Version?" Sie stößt prustend die Luft aus.

„Geht mir genauso. Und du wirst es nicht glauben – ich kenne den Typen."

„Deshalb hast du so komisch reagiert?"

„Ja, der war vor ein paar Tagen bei uns im Café mit einer Frau. Irgendwie spooky."

„Inwiefern?"

„Die Art, wie die beiden miteinander umgegangen sind. Erst dachte ich, sie wären ein Paar."

„Waren sie aber nicht?“

„Wenn, dann zumindest eines mit argen Problemen.“ Was hatten sie noch einmal zueinander gesagt?

„Alles gut?“ Terry hat ihre Brauen zusammengezogen.

„Ich versuche, mich zu erinnern, über was sie sich unterhielten.“

„Du hast sie belauscht?“ Das klingt anerkennend.

„Ja … ähm …“ Warum ist mir das peinlich?

Terry lacht. „Das muss dir doch nicht peinlich sein. Ich spiele oft Mäuschen, wenn im Café interessante oder schräge Leute aufschlagen. Dafür machen wir das Ganze doch, oder?“

Ich möchte widersprechen. Dass das nicht der Grund ist, aber natürlich macht Terry wieder einen Witz, und ganz von der Hand zu weisen ist nicht, was sie gesagt hat. Es ist schon spannend, was wir im Café miterleben.

„Was war es denn nun?“, fragt sie.

„Hm?“

„Na, über was haben sich die beiden unterhalten?“

„Das war irgendwie schräg. Sie hat ihm gedroht, zumindest hat das so gewirkt.“ Ich halte kurz inne, dann lichtet sich mein Blick. „Nein, er hat es sogar gesagt: ‚Drohst du mir etwa?‘ Und dann hat er ihr noch gesagt, dass er ihr nichts mehr von dem Zeug verschreiben kann.“

„Er ist Arzt, wie wir jetzt wissen.“

Ich nicke, dann fällt mir noch etwas ein. „Sie hat noch gesagt, dass er anderen auch Rezepte ausstellt.“

„Was für einen Arzt nicht ungewöhnlich ist.“

„Klar, aber das hat sie nicht gemeint. Sie hat es so gesagt, als täte er etwas Unlauteres.“

„Wäre nicht der erste Arzt, der etwas aufschreibt, das nicht unbedingt notwendig ist. Und auch nicht der Erste, der seine Kasse so aufbessert.“

„Du meinst?“ Ich starre Terry mit großen Augen an.

„Du bist manchmal so naiv.“ Terry lacht. „Du glaubst immer an das Gute im Menschen.“ Sie legt einen Arm um mich. „Auch deshalb mag ich dich so.“

Wieder einmal hat sie nicht Unrecht. Mit dem Arztberuf verbinde ich stets ein gewisses Berufsethos und vergesse dabei, dass es auch in dem Beruf schwarze Schafe gibt. Ist dieser Dr. Sullivan so ein schwarzes Schaf?

12

Ich bin froh, dass ich am nächsten Tag endlich unsere Miete für den Laden überweisen kann. Schließlich kann Terry den Terminator nicht ständig mit Chilischoten entflammen.

Ich hoffe, dass nun regelmäßig Aufträge vom Magnolia Gardens hereinflattern und sich dadurch vielleicht auch weitere Bestellungen ergeben. Irgendwie hatte ich mir das Café-Business einfacher vorgestellt und frage mich nicht zum ersten Mal, ob meine Mutter recht hat und ich das Ganze womöglich zu blauäugig angegangen bin?

Nach meiner Konditorausbildung habe ich als angestellte Konditorin gearbeitet, Terry ist mit einem abgebrochenen Pharmaziestudium Quereinsteigerin, die die mangelnden Fachkenntnisse mit Leidenschaft wettmacht.

Ich logge mich vom Onlinebanking aus und überlege, meine E-Mails zu checken. Als ich die Homepage meines Mailanbieters aufrufe, fängt ein Bild meine Aufmerksamkeit: Ich kenne diese Frau. Das ist doch ... Mir läuft es heiß und kalt den Rücken runter. Das ist die Frau vom Pinguin? Der Artikel, den Terry mir vor zwei Tagen gezeigt hat, enthielt kein Bild.

Terry kommt ins Büro, blickt auf den Bildschirm und fragt: „Gibt es was Neues zum Pinguin und seiner Frau?"

„Zumindest habe ich eine Neuigkeit."

Ich deute mit zitternder Hand auf den Monitor. Das Ganze nimmt mich tatsächlich mit. „Das ist die Frau, die ich gesehen habe.“

„Die du wo gesehen hast?“ Terry rollt mit den Augen. „Süße! Ich kann dir nicht folgen.“

„Das ist die Frau, von der ich dir gestern erzählt habe. Die mit diesem Dr. Sullivan, den wir im Magnolia Gardens gesehen haben, hier im Café war.“

Terry reißt die Augen auf. „Echt jetzt?“

„Ich bin mir absolut sicher, und besonders unheimlich ist, dass ein unnatürlicher Tod nicht mehr ausgeschlossen wird.“

„Du meinst, dass Dr. geschniegeltes Arschloch die Frau vom Pinguin gekillt hat?“

„Keine Ahnung. So weit würde ich natürlich nicht gehen. Aber ist es nicht seltsam, dass die hier ein Gespräch führen, in dem es um Bedrohung geht, und wenige Tage später ist sie tot?“

„Falls es ein unnatürlicher Tod war. Und selbst wenn, bedeutet das noch nicht gleich Mord.“

„Das habe ich ja auch nicht behauptet. Nur, dass ich möglicherweise Informationen habe, die hilfreich sein könnten für die Polizei.“

Terry zuckt mit den Schultern. „Wenn du meinst.“

„Es wird um Hinweise gebeten“, zitiere ich aus dem Artikel.

„Tu, was du nicht lassen kannst. Ich für meinen Teil bin froh, wenn ich so wenig Kontakt wie nur irgendwie möglich mit der Bullerei haben muss.“ Terry klopft mir auf die Schulter und verlässt das Büro.

Ich beschließe, mich bei der Polizei zu melden. Die Stimme, die mir sagt, dass meine Beobachtung wichtig ist, will nicht schweigen. Und hatte ich nicht gleich in dem Moment, als die beiden das Café betraten, ein komisches Gefühl?

Ich tippe „Dr. Sullivan" in das Suchfeld ein und rufe den ersten Link auf: Dr. Sullivans Homepage. Facharzt für innere Medizin, mit einer schicken Praxis in der Brewer Street, Ecke Denman Street und gar nicht weit vom Piccadilly Theater. Sein Schwerpunkt ist Diabetologie und Schmerzmedizin. Um welches Medikament könnte es sich bei der Diskussion mit Pinguins Frau gehandelt haben? Und in was für einer Beziehung standen die beiden zueinander? Sicherlich war Pinguins Frau seine Patientin. Aber was macht mich da so sicher?

Ich gehe in die Backstube, wo Terry in eine neue Kreation vertieft ist. Als sie meinen konsternierten Blick bemerkt, hebt sie beschwichtigend die Hände. „Nicht für das Magnolia Gardens oder ein Kloster, ich verspreche es."

Das bringt mich zum Lachen. „Na, da bin ich aber beruhigt."

„Der Prachtkerl geht auf einen Junggesellinnenabschied."

„Da scheint echt ein Markt zu sein."

„Aber klar doch. Habe ich dir doch prophezeit, dass die CCs gut ankommen werden."

„CCs?"

„Cock Cakes."

Wieder muss ich lachen. „Wie kommst du nur immer auf diese Sachen?"

Terry knetet weiter den Teig. „Eine Abkürzung, die nicht gleich herausschreit, worum es geht, bot sich an.

Ist den meisten Damen, aber auch Herren, lieber, wenn sie einen CC bestellen, anstatt eines Schwanzkuchens."

„Kann ich mir vorstellen." Erneut muss ich grinsen und zugeben, dass Terrys Ideen, selbst wenn sie häufig abgedreht erscheinen, meist gut sind. Mit den CCs haben wir sicherlich ein gewisses Alleinstellungsmerkmal. „Musst du heute nicht Medikamente ausfahren?"

Terry schüttelt den Kopf. „Die Norch ist auf Fortbildung und die Apotheke geschlossen."

„Und die Patienten müssen dann auf ihre Medikamente verzichten?"

„Natürlich nicht. Es gibt eine Vertretung, die eigene Fahrer hat. Daher kann ich mich heute vollkommen in Eure Dienste stellen, Mylady." Terry deutet eine Verbeugung an, und ich rolle mit den Augen.

Einen Tag in der Woche ist Terry bei ihrem Zweitjob, meist ist das mittwochs. An dem Tag öffne ich das Café erst später oder gar nicht, um Zeit für die Büroarbeiten zu haben.

Terrys Verdienst aus den Medikamentenfahrten hat uns schon das ein oder andere Mal die Haut gerettet, wenn die Zeiten im Café mager waren. Das ist für mich keine Selbstverständlichkeit und zeigt, wie uneigennützig sie ist. Auch deshalb habe ich mir geschworen, sie bei allem zu unterstützen, so gut es eben geht.

„Kommst du alleine zurecht?", frage ich.

„Du gehst jetzt wirklich zur Polizei?"

Ich presse die Lippen zusammen.

„Ist ja kein Vorwurf. Ich habe die Unterhaltung ja auch nicht mitbekommen", beeilt Terry sich, hinzuzufügen.

„Ich hätte auch ein schlechtes Gewissen."

„Dann geh los und erleichtere dein Gewissen. Mr Dick und ich kommen schon klar.“

„Da bin ich mir sicher.“ Ich verlasse das Café. Der Frühling sorgt für angenehme Temperaturen, sodass ich noch nicht einmal eine Jacke brauche, sondern mich in meiner Arbeitskleidung, Jeans und schwarzem Shirt mit Aufdruck von TerryLinns, auf den Weg machen kann. Die nächste Polizeistation ist circa eine Meile entfernt, und ich gehe gerne zu Fuß durch die Stadt. Öffentliche Verkehrsmittel sind nicht so mein Ding, was als Londonerin ungünstig ist. Aber zur Not habe ich auch noch mein Fahrrad, und lässt es sich nicht vermeiden, nutze ich natürlich auch die Tube.

Bald habe ich das säulengetragene Eingangsportal der Charing Cross Police Station erreicht. Obwohl ich hier bin, um zu helfen und noch nie mit dem Gesetz in Konflikt gekommen bin, habe ich das Gefühl, gleich verhaftet zu werden, als ich das Gebäude betrete.

Ich erkläre der Dame am Schalter, weshalb ich da bin und rechne damit, dass die mich fortschickt, bestenfalls mit einem Lächeln, das mir klarmacht, wie unwichtig das ist, was ich erzählen möchte. Aber die Polizei scheint wirklich auf Hinweise aus der Bevölkerung Wert zu legen. Sie nickt, wählt eine Nummer und sagt in den Hörer: „Ich habe hier eine junge Lady, die möglicherweise Informationen zum Woodsborough Fall hat.“

Ich bin froh, dass ich mir den Nachnamen vom Pinguin gemerkt habe. Wie peinlich wäre es gewesen, wenn ich gesagt hätte, dass ich die Frau des Pinguins in einer seltsam wirkenden Situation, wenige Tage vor ihrem Tod, gesehen habe?

Die Dame sieht mich über den Rand ihrer Brille an. „Chief Detective Inspector Manville ist gleich bei Ihnen. Sie können dort vorne warten." Sie deutet auf eine, in der gegenüberliegenden Wand verschraubte, Sitzgruppe.

Ich setze mich auf die ausgeblichene grüne Kunststoffsitzfläche und warte. Gehe im Kopf meine Erinnerung durch und wie ich sie am besten schildere. Dabei bin ich so konzentriert, dass ich den Inspector erst bemerke, als er unmittelbar vor mir steht und sagt: „Miss Fleet?"

Ich blicke auf und zucke unwillkürlich zusammen: Das gibt es nicht! Ich muss aussehen wie ein Fisch mit weit aufgerissenen Augen und einem Mund, der aufgeht und sich dann wieder schließt, ohne dass ihm ein Ton entweicht.

„Ach, Sie sind das." Er grinst breit, und ich bin drauf und dran, aus der Polizeistation zu rennen.

„Hallo", höre ich mich stammeln. Wenigstens das ist jetzt raus. Wie ich allerdings meine ganze Geschichte schildern soll, ist mir schleierhaft.

„Folgen Sie mir bitte." Er dreht sich um, und ich bleibe sitzen. Muss meinen Beinen befehlen, ihm zu folgen.

Während ich auf seinen Hinterkopf mit den braungelockten Haaren starre, wird mir bewusst, dass ich es geschafft habe, ihn wiederzutreffen: Bruce, der bereits zweimal in unserem Café war und mir schlaflose Nächte bereitet hat. Wie kurios kann bitte das Leben sein? Und wie grausam gleichzeitig? Denn in diesem Setting kommen unter Garantie keine romantischen Gefühle auf, falls es überhaupt eine Chance gibt, dass die aufkommen könnten.

„Also, Sie haben Informationen, die zum Woodsborough Fall beitragen könnten?", fragt Bruce, als wir
in seinem kleinen Büro angekommen sind und er mir
einen Platz auf dem Stuhl vor seinem Schreibtisch angeboten hat. Er umrundet den Tisch und nimmt auf der
anderen Seite Platz.

Ich bin beeindruckt, wie ordentlich das Büro ist. Irgendwie habe ich mir den Arbeitsplatz eines Inspectors
chaotisch vorgestellt. Mit Aktenbergen auf dem
Schreibtisch und der obligatorischen Pinnwand, auf
der die Fotos der Verdächtigen prangen, die über rote
Schnüre miteinander verbunden sind. Ich sollte weniger „How to get away with murder" schauen.

Auf Bruce' Schreibtisch liegen zwar ein paar Akten,
aber zu einem Stapel aufgetürmt. Eine Pinnwand gibt
es auch, aber selbst auf der sind nur wenige Notizen,
festgehalten auf gleichfarbigen Post-its. Wenn mich
nicht alles täuscht, sind die sogar in vertikalen und ho-
rizontalen Reihen angeordnet. Geht das nicht fast
schon in Richtung Pedanterie?

Ich starre auf die Tischplatte, genau genommen auf
die Schreibtischunterlage. Leder oder Kunstleder? So
ist das schwer zu erkennen. Ich müsste sie anfassen
und bemerke sogleich, wie absurd meine Gedanken
sind. Jetzt reiß dich gefälligst zusammen!

Ich atme durch und sage: „Vor ein paar Tagen kam ein
Paar zu uns ins Café. Sie verhielten sich irgendwie seltsam." Ich blicke vorsichtig auf und pralle gegen die
braunen Augen, die mich ansehen. Das bringt mich aus
dem Konzept.

Wo war ich?

Meine Zungenspitze befeuchtet meine Lippen, meine Hände ringen miteinander.

„Was meinen Sie mit ‚seltsam‘?“

Ob er bei der Frage lächelt, weiß ich nicht. Meine Augen ruhen wieder auf der Schreibtischunterlage, und meine Gedanken kreisen darum, ob es Kunst- oder echtes Leder ist.

„Ich … also … Er, der Mann, war sehr dominant.“

„Wissen Sie, wer der Mann war?“

„Ja, Sullivan. Dr. Sullivan.“ Jetzt erlaube ich mir doch einen Blick in sein Gesicht, dem ich entnehme, dass ich tatsächlich etwas Interessantes berichtet habe. Das beflügelt mich, und ich bin in der Lage, das gesamte Erlebnis chronologisch und so detailliert wie möglich zu schildern.

Am Ende meiner Ausführungen lehnt Bruce sich in seinem Stuhl zurück, während seine rechte Hand sein Kinn umschlossen hält. Für mich hat die Pose etwas von Sherlock Holmes und macht ihn noch attraktiver, sofern das überhaupt geht.

Ich weiß nicht, wie viel Zeit verstreicht. Als es mir zu unbehaglich wird, frage ich zaghaft: „Hilft Ihnen, was ich beobachtet habe?“

Sein Blick klärt sich, findet mich. Es ist fast so, als erwache er aus einem Traum.

„Sorry“, murmelt er. „Wenn ich intensiv nachdenke, verlasse ich manchmal den Raum.“

Ich muss über diese Formulierung nachdenken, denn diese Aussage hatte ich nicht erwartet. Das wirkt ehrlich und auf der anderen Seite treffend. Auch ich kenne diese Momente, in denen mich meine Gedanken so mitnehmen, dass ich wirklich meine, den Raum, in dem ich mich befinde, zu verlassen.

„Das kenne ich."

„Ja?"

Auch diese Frage habe ich nicht erwartet und rücke auf meinem Stuhl hin und her. Irgendwie habe ich mir so eine Befragung anders vorgestellt. Geschäftsmäßiger. Bin ich zu hart? Oder eben zu infiltriert von einschlägigen Netflix-Serien?

Als hätte Bruce meine Gedanken erraten, räuspert er sich und sagt: „Vielen Dank, Miss Fleet. Das hilft uns tatsächlich weiter."

Ich nicke und verfluche mein Gesicht, das jede meiner Gefühlsregungen spiegelt. Sicherlich hat er mitbekommen, dass mich seine Aussagen irritiert haben, und hat sich nun zurückgezogen? Oder ist das einfach seine Art?

„Glauben Sie, dass es ein Mord war?", frage ich.

„Ich kann Ihnen nichts zu laufenden Ermittlungen sagen. Aber bislang sammeln wir Informationen."

Ich nicke wieder und habe das traurige Gefühl, den verträumten Bruce vertrieben zu haben. Oder gab es den gar nicht? Ist das so eine Art Columbo-Trick, um zu sehen, wie ich reagiere? Aber ich stehe doch gar nicht unter Verdacht. „Ruhig!", herrsche ich mich innerlich an, und der Gedankensturm lichtet sich.

„Hier ist meine Karte." Er reicht mir eine Visitenkarte über den Schreibtisch. „Sollte Ihnen noch etwas einfallen, melden Sie sich bitte bei mir."

Ich nicke lächelnd. Zumindest habe ich jetzt endlich seine Telefonnummer.

13

„Und? Hast du eigentlich noch etwas gehört vom sexy Inspector?"

Ich schüttele den Kopf.

„Und was Neues im Pinguin-Fall?"

„Nicht, dass ich wüsste. Zumindest war nichts in den Nachrichten."

Fast zwei Wochen ist es jetzt her, dass ich bei der Polizei oder vielmehr Inspector Bruce Manville war, aber weder habe ich erfahren, ob meine Informationen wirklich hilfreich waren, noch hat er sich nochmal gemeldet. „Warum sollte er auch?", meldet sich eine Stimme in mir. Falls es die Chance gegeben hat, dass er sich aus einem nicht geschäftlichen Grund meldet, habe ich die wohl mit meiner Reaktion versaut. Das glaube ich ganz fest.

Terry sieht auf die Uhr. „Machen wir für heute Schluss?"

„Warum nicht?" Ich gehe zur Eingangstür und schließe ab. Wir haben zwar inzwischen einige Stammkunden, aber die reichen nicht aus, um für einen gewissen Grundumsatz zu sorgen. Ansonsten ist das Geschäft sehr unterschiedlich. An manchen Tagen sind alle Plätze belegt, und wir könnten noch mehr Tische und Stühle gebrauchen, und an einigen Tagen können wir froh sein, überhaupt unsere Kosten eingenommen zu haben. So sehr ich den Job liebe, diese Unvorhersehbarkeit macht mich unruhig, und ich habe Schwierigkeiten, mich daran zu gewöhnen. Schließlich war das früher als Angestellte nie ein Thema für mich. Zwar ist es schön, der eigene Boss zu sein, aber gegen eine regelmäßige Gehaltszahlung gibt es nichts einzuwenden.

Muss ich aber, wohl oder übel.

„Hast du mittlerweile die Freundin deines Vaters kennengelernt?", frage ich auf dem Fußweg nach Hause.

Terry lacht auf. „Du glaubst doch nicht, dass mein Vater sie mir vorstellt, ohne dass du dabei bist? Er fürchtet, dass ich in Wahrheit doch schockiert bin und kann nicht glauben, dass ich mich für ihn freue, obwohl ich das betont habe. Das Einzige, was ich ihm gleich klargemacht habe, ist, dass er nicht auf die Idee kommt, mir diese Frau als Ersatzmutter zu präsentieren. Das brauche ich mit dreißig sicherlich nicht mehr."

„Kann ich verstehen. Ich hätte nur gedacht, dass er sie dir früher vorstellt, jetzt, da er die Katze aus dem Sack gelassen hat."

„Du kennst ihn doch. Er hat jetzt erst mal seine Pflicht erfüllt und wird dieses Treffen so lange wie möglich herauszögern."

Natürlich stimmt das. Bei seiner Unsicherheit hinsichtlich sozialer Kontakte muss ein derartiges Treffen für Roger ein Albtraum sein.

Terry hakt sich bei mir unter. „Weißt du eigentlich, dass es mir großen Spaß macht, mit dir zusammenzuarbeiten?"

„Jetzt echt?"

„Überrascht dich das?"

„Eigentlich nicht. Aber, dass du das so plötzlich anbringst."

Terry zieht die Mundwinkel nach oben. „Wollte ich schon die ganze Zeit sagen. Und irgendwie geht es dann im Alltag immer unter.“

„Stimmt. Und es freut mich. Außerdem“, ich drücke meinen Körper kurz gegen Terrys, „kann ich das nur zurückgeben.“

Wir betreten die Wohnung, in der es still ist. Die Türen zu Shauns und Randalls Zimmer sind geschlossen. Randall ist sicherlich zu Hause, bei Shaun kann man sich nie sicher sein. „Hast du Shaun in letzter Zeit mal gesehen?“, frage ich Terry, als wir in der Küche sind und uns eine Gemüsepfanne zubereiten.

„Nö“, antwortet sie und schneidet weiter die Zucchini klein.

„Es ist ruhig in den letzten Tagen. Ob er sich unsere Ansprache doch zu Herzen genommen hat?“

„Vielleicht?“ Terry gibt die Zucchinistücke in die Pfanne.

„Ist auf jeden Fall schön, dass es ruhiger zugeht. Selbst, wenn es nur von kurzer Dauer sein sollte.“ Ich schiebe die Stücke der Paprika, die ich klein geschnitten habe, mit dem Messer vom Brettchen in die Pfanne.

„Wir werden die Männer schon dazu kriegen, sich an die Regeln zu halten.“ Terry wendet das Gemüse in der Pfanne.

„Randall ist doch eigentlich recht folgsam.“

„Ja, aber findest du nicht“, Terry rückt näher an mich heran und fährt flüsternd fort, „dass Randall noch kauziger geworden ist?“

Ich denke kurz nach, nicke dann. Randall lebte schon immer zurückgezogen, aber ich weiß noch nicht einmal, ob er in den letzten Tagen überhaupt sein Zimmer verlassen hat.

„Nicht, dass er an einer Bombe baut oder so etwas?"

„Sch!", mache ich, weil Terry, aus mir unerfindlichen Gründen, das Flüstern abgestellt hat.

Beim Essen unterhalten wir uns über neue Rezepte, die wir ausprobieren möchten und nach dem Essen wünschen wir uns eine gute Nacht.

Obwohl es ein schöner Tag war, mit einem angenehmen Abschluss, will mein Kopf heute nicht schweigen. Ich denke an die Frau vom Pinguin und den gelackten Dr. Sullivan. Worum ging es in dem Gespräch? Was für eine Verbindung hatten die beiden zueinander?

Am liebsten würde ich Bruce anrufen. Natürlich auch, um ihn wiederzusehen, aber darüber hinaus, weil mich der Fall interessiert, und ich mich auf eine seltsame Art verantwortlich fühle. War ich womöglich bei dem Gespräch dabei, was dazu führte, dass die arme Frau vom Pinguin heute nicht mehr lebt? Dann hätte Sullivan sie auf dem Gewissen. Aber warum sollte ein Arzt seine Patientin umbringen?

Viel zu viele „könnte, sollte, wollte", befinde ich und drehe mich auf die Seite. Das beeindruckt meinen Kopf gar nicht, der mir jetzt Bruce' Gesicht ins Denken schiebt, was mich auch nicht zur Ruhe kommen lässt.

Ich liege wach, bis ich die Eingangstür höre. Den gedämpften Stimmen entnehme ich, dass Shaun sich in Begleitung befindet und verfluche mich innerlich, für die verpasste Chance, zumindest ein paar Stunden Schlaf zu finden. Jetzt kann ich mir das sicherlich abschminken. Eine Tür wird geöffnet, ich vermute Shauns Zimmertür, und wieder geschlossen. Ich stelle mich auf die typische Geräuschkulisse ein, überlege, ob ich noch Ohrstöpsel in der Nachttischschublade habe, dann stutze ich. Was ich höre, sind zwar Geräusche, aber nicht die vermuteten. Das scheint eher ein Streitgespräch zu sein.

Erneut vernehme ich Shauns Zimmertür, die geöffnet wird, dann seine Stimme, die sagt: „Das ist mir noch nie passiert."

Darauf eine Frauenstimme, die entgegnet: „Das sagen sie alle. Mach's gut."

Die Wohnungstür wird geöffnet und fällt ins Schloss, und ich frage mich, ob ich tatsächlich Zeugin von Shauns sexuellem Versagen geworden bin?

Zumindest bedeutet das eine ruhige Nacht. Es mag herzlos erscheinen, aber das versetzt mich derart in Freude, dass ich mich umdrehe und schon nach wenigen Minuten einschlafe.

14·

„Agnes ist zwar nicht besonders beliebt, aber ihren Geburtstag müssen wir doch feiern, oder?“

Ich bin mir nicht sicher, ob die Frage, die Miss Goosmore mir gestellt hat, rhetorisch ist, und entschließe mich somit zum wortlosen Kopfnicken, was idiotisch ist, da wir telefonieren. Es ist erfreulich, dass der Arbeitstag gleich mit einem Telefonat beginnt, das einen Auftrag verheißt.

„Was ist denn ein Standardkuchen?“

„Wie bitte?“ Eine seltsame Frage ist das, aber darauf erwartet sie scheinbar eine Antwort.

„Na, ich meine, es muss doch einen Kuchen geben, den sich die meisten Menschen zum Geburtstag wünschen. Schließlich sind Sie da ja Experten.“

Die Überlegung ist nachvollziehbar, ich muss jedoch zugeben, dass, obwohl Terry und ich schon einige Geburtstagskuchen gebacken haben, ich nicht sagen könnte, dass es „den“ Geburtstagskuchen gibt.

Ich zucke mit den Achseln, dieses Mal bemerke ich, dass ich am Telefon bin und sage: „Zitronenkuchen.“ Das kommt sehr sicher aus meinem Mund, und ich muss mir auf die Zunge beißen, um nicht zu lachen. Terrys freche Art scheint auf mich abzufärben. Ich warte gespannt, ob Miss Goosmore meine Lüge schluckt.

„In Ordnung“, sagt sie.

Ich schlucke, bemühe mich um einen beiläufigen Tonfall. Irgendwie kann ich nicht glauben, dass das geklappt hat. „Also Zitronenkuchen?"

„Ja, warum nicht? Jeder mag schließlich Zitronenkuchen."

„Und morgen ist der Freudentag?" Ich möchte in den Spiegel schauen, um auszuschließen, dass ich in Wirklichkeit als Terry erwacht bin.

„Der Kaffee beginnt um vier Uhr. Bitte seien Sie pünktlich."

„Aye, Sir", möchte ich entgegnen, aber dieses Mal ist mein Hirn schneller als meine Zunge und formt es zu „Aber selbstverständlich" um.

„Zitronenkuchen?" Terry runzelt die Stirn. „Der langweiligste Kuchen der Welt."

Ich schürze die Lippen. „Ich mag den ganz gerne und möchte auch endlich mal wieder backen."

„Dann passt das doch gut. Du backst den furchtbar langweiligen Zitronenkuchen, und ich ärgere unsere Gäste."

„Herzlichen Dank für Deinen Glauben in meine Backkünste." Das klingt beleidigter als beabsichtigt. Und schon ist die Terry in mir, angesichts der realen Terry, dahin.

„Hey!" Terry legt den Arm um mich. „Wenn es jemand schafft, dem Obernerd der Kuchengemeinschaft etwas Besonderes zu entlocken, dann wohl du."

Ich weiß nicht, ob das wirklich als Kompliment zählt, grinse dennoch. Es wäre albern, aus Terrys Neckerei ein Drama zu machen. Außerdem freue ich mich darauf, wieder in der Backstube zu stehen, Teig zu rühren und daraus etwas zu schaffen. Selbst, wenn es – wie Terry sagt – nur der Nerd der Kuchen ist. Ich habe nichts gegen die vermeintlich langweiligen Dinge. Ist es nicht schön, wenn man weiß, worauf man sich einlässt und was auf einen zukommt? Während ich den Teig in die Kuchenform gebe, wird mir bewusst, wie sehr ich mir Beständigkeit wünsche. Hat meine Mutter womöglich recht? Kann ich mit diesem Betrieb überhaupt eine Beständigkeit, die letztendlich doch auch Sicherheit bedeutet, erreichen? Mache ich mir nicht etwas vor?

Ich stelle die Form in den Backofen, schließe die Tür und starre hinein. Sehe zu, wie der Teig langsam aufgeht und zarte Bräune ansetzt. Währenddessen höre ich die Stimme meiner Mutter in meinem Kopf unentwegt die unheilvollen Prophezeiungen wiederholen, die sie mir schon so oft ausgesprochen hat, wenn es um mich und meine Zukunft geht. Wieso fällt es mir heute so schwer, die einfach zur Seite zu schieben?

Ich säubere die Arbeitsplatte, spüle die Rührwerkzeuge, sortiere dann sogar ein Regal um. Doch die Stimme meiner Mutter will nicht schweigen und auch die nicht, die mir einredet, dass sie recht hat.

Als der Kuchen fertig ist, hole ich ihn aus dem Ofen. Betrachte ihn. In der Tat sieht er langweilig aus mit seiner schlichten Form und ich beschließe, ihn ein wenig zu pimpen. „Was würde Terry daraus machen?", denke ich und komme tatsächlich auf eine Idee. Ich googele die gesuchte Form im Internet, dann teile ich den Kuchen in Würfel, die ich mit Glasur verklebe.

Ich bin derart vertieft in meine Arbeit, dass ich gar nicht höre, wie Terry in die Backstube tritt. Sie stößt einen bewundernden Pfiff aus, der mich herumfahren lässt.

„Ich nehme alles zurück oder vielmehr", sie verbeugt sich mehrfach mit erhobenen Händen, „huldige ich dir, oh Baumeisterin der Kuchenträume, die du aus dem Nerd eine Ballkönigin gezaubert hast."

„Nicht schlecht, oder?" Ich trete einen Schritt zurück und blicke prüfend auf mein Werk. „Das ist …", beginne ich, aber Terry hebt die Hand, um mir zu bedeuten, dass es keiner weiteren Erklärung bedarf.

„Das Magnolia Gardens. Das Hauptgebäude. Das erkenne ich sofort. Ist dir wahnsinnig gut gelungen."

Spätestens jetzt weiß ich, dass ihr Lob absolut ernst gemeint ist, und spüre, wie mir der Stolz kribbelnd über die Wangen streicht. „Danke."

Sie legt mir den Arm um die Schultern. „Hoffen wir mal, dass der Agnes ebenso gefällt, wie Mrs Avory ihr Cock Cake."

Das bringt mich zum Lachen und Terry stimmt ein, was uns in eine Lachschleife bringt, denn gerade, wenn eine von uns beiden sich wieder eingekriegt hat, bricht die andere schon wieder in Gelächter aus. Irgendwann gelingt es uns, schwer schnaufend, die Schleife zu verlassen.

„Ich hoffe, der kleinen Nonne geht es gut", sage ich und wische mir eine Träne aus dem Augenwinkel.

„Solange ihr Kopf nicht geplatzt ist, sehe ich keine Gefahr." Terry reißt die Augen auf. „Es sei denn, sie wurde gefressen! Von Schwester Höllenblick!"

Ich pruste los, muss mir den Bauch halten und habe das Gefühl, dass der gleich platzt. Als ich mich halbwegs beruhigt habe, bemerke ich, dass Terry noch etwas sagen will. Ich forme mit den Zeigefingern ein Kreuz und bringe mühsam hervor: „Gnade! Bitte! Kein Wort mehr darüber. Sonst erlebe ich den nächsten Tag nicht mehr."

Terry verschließt mit pantomimischer Geste ihren Mund, und ich hoffe inständig, dass sie sich wirklich daran hält. Noch so einen Lachflash überlebe ich nicht.

Als wir abends nach Hause kommen, bemerke ich gleich beim Betreten der Wohnung, dass etwas anders ist. Tatsächlich finden wir, anstatt einer leeren Küche, Shaun am Küchentisch vor. Ich glaube meinen Augen nicht: Er löffelt Ben & Jerry's Chocolate Fudge Brownie, wohlgemerkt meines, direkt aus der Packung, als wären wir Protagonisten in einer amerikanischen Liebesschmonzette.

„Was ist denn mit dir los?" Der ungewohnte Anblick irritiert mich derart, dass ich mich noch nicht einmal mit Begrüßungsfloskeln aufhalte.

Shaun seufzt theatralisch, und ich befürchte, dass er mir gleich schluchzend um den Hals fällt.

„Musst du nicht arbeiten?" Terry wirft mit gerunzelter Stirn einen Blick auf ihre Armbanduhr.

„Hab mich krank gemeldet."

„Und seit wann isst du Eis?" Ich beiße mir auf die Zunge, um nicht hinzuzufügen, warum es ausgerechnet auch noch mein Eis ist. Wahrscheinlich war es schlichtweg das einzige im Tiefkühlfach.

Shaun steckt den Löffel in den Eistopf und fährt sich mit dem Handrücken über die Stirn. „Ich weiß es nicht. Ich habe keine Ahnung, was mit mir los ist."

Das frage ich mich auch, möchte aber Shaun nicht noch tiefer in seine Depri-Stimmung pressen, indem ich in dasselbe Horn tute. „Was macht dir denn Kummer?", frage ich und hoffe, dass das diplomatisch ist.

Erneut entfährt Shaun dieses Seufzen, und ich befürchte schon, dass das mit der Diplomatie gehörig in die Hose gegangen ist und er jetzt anfängt zu heulen. Ich habe Shaun noch niemals weinen gesehen und spüre bereits Panik aufsteigen.

„Seit einer Woche hatte ich keinen Sex mehr", antwortet Shaun, zwar ohne zu heulen, aber mit einer Miene, als habe er soeben verkündet, dass ein naher Angehöriger verstorben sei.

Das ist so absurd, dass ich nicht anders kann, als zu lachen. Terry stimmt ein, und Shauns irritierter Blick führt nur dazu, dass wir noch mehr lachen müssen. „Bloß keine neue Lachspirale!", denke ich, und tatsächlich schaffe ich es so, mich wieder zu beruhigen.

„Weißt du, Herzchen", sagt Terry und streicht Shaun über den Kopf, als wäre er ihr Sohn, und mit diesem Gesichtsausdruck hat er tatsächlich etwas Kindliches, „einige von uns wären schon froh, wenn sie einmal in der Woche Sex hätten."

„Kann schon sein." Shaun löffelt weiter an meinem Eis. „Aber für mich ist das eine Katastrophe."

„Was war denn da neulich Abend los?", frage ich und erkenne zu spät, dass ich mich damit womöglich zu weit heraus gewagt habe.

Shaun zuckt mit den Schultern. „Weiber", gibt er dann zurück, ohne zu merken, mit wem er spricht. „Ich geh ins Bett." Mit diesen Worten packt er sich den Eisbecher und dampft ab.

„Männer!", sagt Terry und schnaubt.

Irgendwas sagt mir, dass mehr dahinter steckt als der ewige Konflikt zwischen Männern und Frauen, aber die Aussicht auf weitere ruhige Nächte ist zu verlockend, um weiter nachzubohren.

15

Mittlerweile können wir das Magnolia Gardens zu unseren Stammkunden zählen, und einige der Bewohner begrüßen uns bereits wie alte Freunde. Das ist herzerwärmend. Irgendwie habe ich immer das Gefühl, Insassen in einer Haftanstalt zu besuchen, obwohl das Altenheim eher einem Luxushotel als einem Gefängnis gleicht und die meisten Bewohner freiwillig hier sind. Es hat mit der Art zu tun, wie sie uns „Externe" ansehen und an unseren Lippen kleben, wenn wir etwas von „draußen" berichten. Meine Gefängniserfahrungen beschränken sich zwar nur auf Serien, allen voran „Orange is the new black", und ich habe keine Ahnung, ob dieses Fernsehdrama wirklich authentisch ist. Aber zumindest verhält es sich dort so, dass die Inhaftierten begierig darauf sind, zu erfahren, was außerhalb des Knasts geschieht. Wahrscheinlich kommt daher dieses Gefängnisbesucher-Gefühl in mir auf.

Geburtstagskind Agnes ist die Oma, die jeder gerne hätte: Zwar vom Alter gekrümmt, sie reicht mir gerade mal bis zu Brust, aber mit Krückstock und Tippelschritten noch erstaunlich flink unterwegs, während es ihr Gesicht ausschließlich in der Dauergrinsen-Version gibt.

Die Gästerunde zeigt einen Querschnitt der Bewohnerschaft des Magnolia Gardens, wobei mir besonders ein Herr mit dichtem grauen Bart auffällt, auf dessen weißem Shirt ein Victoria-Cross prangt. Seine würdevolle Miene lässt mich, in Kombination mit seiner scharfkantigen und großformatigen Nase, an einen Habicht denken. „Donnerlittchen!", entfährt es ihm, als ich meinen Zitronenkuchen präsentiere, was mich vor Stolz erröten lässt. Auch ohne den Herrn näher zu kennen, habe ich den Eindruck, dass ein Lob von ihm etwas Besonderes ist.

Terry stößt mir den Ellenbogen in die Seite und grinst. „Ein Lob vom General, das ist doch nicht schlecht."

Nicht nur aufgrund der Form halte ich das für verdient, ist das Backwerk doch auch so groß, dass wir es zu zweit anliefern müssen. Dafür werden wir aber auch sehr gut entlohnt, so dass sich der Aufwand rechnet.

Geburtstagskind Agnes kaut mittlerweile auf dem ersten Stück Kuchen und hat einen verträumten Gesichtsausdruck. Als würde das noch nicht reichen, murmelt sie vor sich hin: „Yummy. Yummy. So yummy."

Jetzt steigen mir Tränen der Rührung in die Augen, und seit langer Zeit wird mir wieder klar, was ich an diesem Beruf so liebe. Diesen Ausdruck in einem Gesicht zu sehen, wenn auch nur für ein paar Sekunden, ist einfach wunderschön.

Miss Goosmore geleitet uns aus dem Raum, in dem sich die Geburtstagsgesellschaft mittlerweile über die zweite Runde Kuchen hermacht. „Wundervoll! Ganz wundervoll!", schwärmt sie. „Das haben Sie großartig gemacht."

„Dankeschön." Ich schlage die Augen nieder, muss dem Impuls widerstehen, einen Knicks zu machen, obwohl ich glaube, dass das Miss Goosmore gefallen würde.

„Ich begleite Sie noch zum Ausgang", sagt sie. „Aber ich bin mir sicher, dass wir uns schon sehr bald wiedersehen werden." Sie zwinkert mir zu, und ich lächle zurück.

Wir erreichen den Empfangstresen, an dem ein Herr steht, der Einträge in eine Akte macht. Sofort befällt mich das Gefühl, ihn zu kennen. Als er sich umdreht und Miss Goosmore angrinst, wird das Gefühl zu Gewissheit. Es ist Doktor Sullivan!

„Miss Goosmore, meine Teure. Strahlend wie immer!"

So ein Schleimscheißer. Ich muss mich zwingen, nicht mit den Augen zu rollen. Ich befürchte schon, dass er mich wiedererkennt, aber da flackert nichts in seinen Augen. Bevor Miss Goosmore das übernimmt, zieht er sein Handy aus der Innentasche seines Sakkos, wirft einen entnervten Blick darauf und sagt dann: „Ich muss mich entschuldigen, die Damen. Ein besonderer Fall erfordert meine Aufmerksamkeit."

Bevor wir etwas entgegnen können, stürmt er hinaus.

„Was da wohl los ist?", raunt Terry mir zu, unwissend, dass wir es schon bald erfahren werden. Denn kaum sind wir durch den Ausgang getreten, sehen wir ihn einige Meter entfernt an einer Hecke stehen, wo er auf einen jungen Mann einredet.

Wir treten näher heran, und es durchfährt mich wie ein Blitz. „Das ist Philipp", wispere ich Terry zu.

Sie wirkt ähnlich entgeistert wie ich. „Was reden die da?"

Ich halte sie am Arm zurück. Irgendetwas sagt mir, dass Philipp mich nicht sehen sollte. Wir verstecken uns hinter zwei der Säulen des Eingangsportals und lauschen angestrengt, aber es ist nur zu vernehmen, dass, nicht aber, was gesprochen wird.

„Sieht nicht aus, als wären sie sich einig", flüstert Terry.

Bevor ich etwas entgegnen kann, stürmt Philipp davon, eindeutig unzufrieden mit dem Ergebnis der Unterredung. Doktor Sullivan schüttelt den Kopf und geht dann seinerseits zum Parkplatz.

Wir treten aus unserem Versteck hinter den Säulen hervor. „Das war seltsam." Terry kneift die Augen zusammen.

„Jetzt fällt es mir wieder ein. Die beiden haben sich schon einmal bei uns im Café gesehen, als Sullivan mit der Frau vom Pinguin da war. Da hatte ich bereits den Eindruck, dass sie sich kennen." Ich denke kurz nach. „Das war, als Doktor Sullivan mit der Frau vom Pinguin bei uns im Café war."

„Was treibt der aalglatte Doktor nur?" Terry reibt sich das Kinn.

„Zumindest scheinen es stets Streitgespräche zu sein, die ich beobachte. Auch die Frau vom Pinguin schien etwas zu wollen, ob das auch für Philipp gilt?", denke ich laut nach.

„Ich hab's doch gleich gesagt. Es geht um irgendwelche Drogen."

„Drogen? Von einem Arzt?"

„Die meisten Medikamente sind auch nichts Anderes als Drogen, Liebes."

„Und du meinst Philipp ..." Irgendwie habe ich Hemmungen, die Frage zu Ende zu stellen. Es wirkt wie eine Anklage.

Terry zuckt mit den Schultern. „Du wärest überrascht, wie viele Leute sich hin und wieder oder auch öfters das ein oder andere Mittelchen gönnen."

Ich nicke stumm. Sicherlich bin ich auch in diesem Punkt zu naiv. Und ich muss zugeben, dass es zu Philipp passt. Nichts in der Richtung von Cannabis, sondern eher etwas in Richtung Kokain. Mir wird bewusst, dass ich ihn nur aufgekratzt kenne. Ob er dann unter dem Einfluss von irgendetwas stand? Oder verliere ich mich in böswilligen Unterstellungen?

„Meinst du, das alles hat mit dem Tod von Pinguins Frau zu tun?", frage ich Terry auf dem Weg zum Auto.

„Wenn ich mein Bauchgefühl befrage", sie legt ihre rechte Hand auf ihren Bauch, „ist die Antwort, dass irgendetwas nicht stimmt mit dem Doktor."

Ich muss zugeben, dass ich dieses Gefühl teile.

„Vielleicht", Terry zwinkert mir zu, „wäre das etwas, dass du sexy Bruce berichten könntest."

Mein erster Impuls, ihr empört zu widersprechen, verpufft, als mir klar wird, dass das in der Tat keine schlechte Idee ist. Und das nicht nur, weil ich Bruce tatsächlich gerne wiedersehen möchte.

16

Am nächsten Morgen im Café finde ich die Idee, Bruce zu kontaktieren, gar nicht mehr so gut. Möglicherweise liegt es daran, dass ich heute allein bin? Denn Terry verdingt sich als Drogenkurier, wie sie selbst sagt. Und das an einem Donnerstag. Irgendwie befürchte ich, dass die spärlichen Aufträge und die Unregelmäßigkeit in Terrys Zweitjob ein Indiz dafür sind, dass sie den bald los ist. Ich hoffe, ich irre mich. Einerseits, da wir das zusätzliche Geld brauchen, andererseits, da ich weiß, dass Terry diesen Job ebenfalls gerne macht.

Ich beginne, unsere monströse Kaffeemaschine, die mein ganzer Stolz ist, zu reinigen. Das ist zwar immer wieder nötig, aber ich mache mir nichts vor, dass ich nur nach einer Beschäftigung suche, während ich weiter nachdenke. Wenn meine Hände beschäftigt sind, kommt mein Kopf richtig auf Touren. Und tatsächlich habe ich eine Idee, wie ich mit Bruce in Kontakt treten kann, und hoffe, dass es so locker wirkt, wie ich mir das vorstelle.

Da momentan eh niemand im Café ist, beschließe ich, das sogleich in die Tat umzusetzen. Ich bereite einen doppelten Espresso zu und hoffe, dass er unterwegs nicht zu schnell erkaltet. Dann gehe ich zur Tür, drehe das Schild von „Yes, we're open" auf „Sorry, we're closed" und schließe die Tür hinter mir ab.

Wieder laufe ich, denn es ist zwar bewölkt, aber kein Regen zu erwarten. Im Kopf gehe ich die möglichen

Varianten der Unterhaltung durch, die wir gleich führen könnten. In meiner Vorstellung existiert eine klare Favoritenversion, in der ich schlagfertig und verführerisch bin und Bruce' Herz im Sturm erobere. Als ich das Eingangsportal der Charing Cross Police Station erreiche, erscheint mir diese Version allerdings unmöglich. Dennoch nehme ich mir ein Herz, halte mich am Kaffeebecher im Papphalter fest und erklimme die Stufen.

Es dauert nicht lange, da steht er vor mir, und alle vorherigen Ideen, ein lustiges, geschweige denn geistreiches Gespräch zu beginnen, sind mit einem Mal aus meinem Kopf getilgt. Nur ein Gedanke ist noch da: Mann, sieht der gut aus!

„Es freut mich, Sie wiederzusehen", sagt er, und sein Lächeln lässt Hitze durch meinen Körper wallen.

„Ich dachte, vielleicht …" Mein Mund ist so trocken, dass ich glaube, meine Zunge wird jeden Moment an meinem Gaumen kleben bleiben. „Freuen Sie sich über einen Espresso?", bringe ich meinen Satz mühsam zu Ende.

Bruce' Grinsen wird noch breiter. „Das ist aber lieb von Ihnen. Vielen Dank!"

Eine peinliche Pause entsteht, da ich erstarrt bin, und nun normalerweise der Teil kommen sollte, in dem ich Bruce den Espresso reiche und ihm erkläre, warum ich eigentlich da bin. Dass der Kaffee nur ein Vorwand ist, ist ihm selbstverständlich klar.

„Es ist vielleicht dumm." Ich kratze mich mit der freien Hand am Hinterkopf. Dann fällt mir der Becher ein, den ich Bruce endlich reiche. „Ich hoffe, er ist noch heiß."

„Wir haben eine Mikrowelle." Bruce zwinkert mir zu. „Wollen wir in mein Büro gehen?"

Ich folge ihm auf Beinen, die sich wie Stelzen anfühlen.

„Sie wollen mir doch etwas erzählen", sagt er ohne fragenden Unterton, nachdem wir Platz genommen haben.

„Vielleicht ist es unwichtig", beginne ich, während eine Stimme in meinem Kopf den Satz wiederholt, jedoch ohne den Zusatz „vielleicht".

Er winkt ab. „Machen Sie sich keine Gedanken. Jede Information kann uns in dem Fall weiterbringen." Er lehnt sich in seinem Stuhl zurück und verschränkt die Arme. „Um ehrlich zu sein, im Moment treten wir ziemlich auf der Stelle. Insofern freue ich mich, wenn Sie mir etwas erzählen können."

Das ermutigt mich, und so berichte ich ihm von Doktor Sullivan und meinen Vermutungen. Ich erwähne nicht, dass es sich bei der Person, die ich mit ihm gesehen habe, um Philipp handelt. Philipp ist selbstsüchtig und hat mir übel mitgespielt. Aber ihn unter Verdacht zu stellen, geht, meines Erachtens nach, zu weit.

„Da wir es heute auch an die Presse herausgeben, kann ich Ihnen ruhig schon davon erzählen." Bruce nimmt den letzten Schluck vom mitgebrachten Espresso. „Sullivan war unsere beste Spur, auch dank Ihres Hinweises." Mir schießt Hitze in den Kopf. „Im Blut des Opfers wurde Oxycodon nachgewiesen. Ein starkes Schmerzmittel, das zu den Morphinen gehört."

Meine Zunge ist taub. Hat Sullivan Pinguins Frau unter Drogen gesetzt? Und war das auch der Grund für das Gespräch mit Philipp? Ist Sullivan tatsächlich ein Drogendealer im Arztkittel?

„Wir haben Sullivan dazu befragt, und er hat angegeben, dass er Mrs Woodsborough das Mittel wegen eines chronischen Schmerzsyndroms verschrieben habe, unter dem sie aufgrund einer Polyneuropathie litt.“

„Poly…?“ Ich lächle unsicher.

"Das ist eine Nervenerkrankung, die häufig bei Diabetikern nach vielen Jahren der Erkrankung auftritt.“

Auch, wenn mir der medizinische Hintergrund fehlt, das richtig zu verstehen, hört es sich plausibel an. Und vor allem lässt es vermuten, dass Doktor Sullivan sich keiner Straftat schuldig gemacht hat, weil er der Frau vom Pinguin ein Schmerzmittel verschrieben hat.

„Hinzu kommt, dass die gefundene Dosis nicht ausreicht, um einen Menschen zu töten.“

„Woran ist sie überhaupt gestorben?“, frage ich und befürchte schon, dass meine Frage zu weit geht und Bruce mir die nicht beantworten wird.

„Unterzuckerung.“

Ich runzele die Stirn. „Sagten Sie nicht …“

„Dass Mrs Woodsborough Diabetikerin war?“, vollendet er meine Frage. „Das ist auch so. Und die meisten Menschen denken, dass Diabetiker vor allem ein Problem mit Überzuckerung haben. Das ist häufig so, aber auch das Gegenteil kann eintreffen.“

Ich weiß nicht recht, ob ich diese ganzen neuen Informationen richtig einordnen kann. Und die Stimme in mir, dir mir sagt, dass Doktor Sullivan etwas mit dem Tod von Pinguins Frau zu tun hat, will einfach nicht schweigen.

Bruce scheint meine Gedanken zu erraten, als er sagt: „Sullivan ist weiterhin ganz oben auf unserer Liste der Verdächtigen, und durch Ihren Hinweis haben wir möglicherweise eine neue Spur."

Ich versuche mich an einem Lächeln, aber auch meine Mundwinkel scheint das Gedankenchaos, das dieses Gespräch ausgelöst hat, nicht unbeeindruckt zu lassen. Und so räuspere ich mich nur, um mich dann von Bruce zu verabschieden. Irgendwie erscheint es mir unpassend, nun noch etwas zu sagen, das in Richtung Flirterei gehen würde. Und ich glaube auch nicht, dass mir das leicht über die Lippen ginge.

17

Schon dreimal habe ich die Nachricht neu getippt und dann wieder gelöscht. Auch wenn ich Philipps Namen nicht erwähnt habe, kommen Bruce und sein Team ihm nicht automatisch auf die Spur, wenn sie Sullivan erneut befragen? Aber wer sagt mir, dass es tatsächlich um Drogen in dem Gespräch ging? Und selbst wenn, wird Philipp sicherlich nicht der einzige Abnehmer sein, und die Polizei kann unmöglich jeden Einzelnen aufspüren. Und es ist für den eigentlichen Fall ja auch nicht wirklich relevant. Dennoch krallt sich das schlechte Gewissen unvermindert in meinen Eingeweiden fest und wird nicht müde, mir einzureden, dass ich mit Philipp sprechen sollte. Aber, was soll ich ihm sagen? Dass ich vermute, dass er von einem bekannten Arzt Drogen bezieht und ihn deshalb der Polizei gemeldet habe?

Ich schaue auf den Wecker neben meinem Bett. Noch nicht mal sechs Uhr, und im Grunde könnte ich noch etwas liegen bleiben, aber das Gespräch mit Bruce gestern hat mich ohnehin nicht richtig schlafen und früh erwachen lassen. Da kann ich ebenso gut aufstehen.

Als ich meine Zimmertür öffne und in den Wohnungsflur trete, zeigt sich mir ein leidlich bekanntes Bild. Randall, der vor der geschlossenen Badezimmertür der Jungs steht. Ungewohnt hingegen ist, dass er weder wütend aussieht noch Anstalten macht, gegen die Tür zu hämmern.

„Alles in Ordnung?“ Randall dreht mir den Kopf zu, und in seinem Gesichtsausdruck lese ich Irritation, was meine Frage beantwortet. „Was ist los?“

Er zuckt mit den Schultern. „Das weiß ich nicht so genau, aber ich glaube, Shaun heult.“

Jetzt schaue ich sicherlich ebenso irritiert drein wie er. „Bist du dir sicher?“, frage ich und ernte erneutes Schulterzucken von ihm.

„Hör selbst“, sagt er und deutet auf die Tür.

Ohne zu zögern gehe ich mit dem Ohr näher heran, lege es schließlich an die Tür und lausche. Zunächst kann ich nichts weiter hören als das Rauschen der Dusche, aber dann vernehme ich noch etwas. Das hört sich tatsächlich nach Schluchzen an. „Ist er allein da drin?“, frage ich Randall, denn irgendwie ist die einzig logische Erklärung, dass Shaun eine Lady da drin hat, die er zum Heulen gebracht hat. Ich möchte zwar nicht darüber nachdenken, wie ihm das gelungen sein soll, aber die Vorstellung, dass Shaun derjenige ist, der im Bad weint, scheint außerhalb des Möglichen.

„Ich denke schon“, antwortet Randall.

„Und, was machen wir jetzt?“

Wieder Schulterzucken von ihm, und bevor ich darauf etwas erwidern kann, öffnet sich Terrys Zimmertür. In der Tür stehend sieht sie mich und Randall an und kommt dann auf uns zu.

„Okkupiert unser Romeo wieder das Bad?“, fragt sie grinsend, und irgendwie bin ich mir sicher, dass sie die Antwort kennt. Mehr noch. Dass sie die Verursacherin ist.

Terry hebt eine Braue, und ich bedeute ihr mit Kopfneigung, selbst an der Badezimmertür zu horchen. Sie folgt der Aufforderung, horcht, reißt dann die Augen auf und zischt: „Schnell! In die Küche!"

Wie ein aufgescheuchter Hühnerhaufen folgen wir ihr in die Küche und hören, dass die Tür zum Badezimmer geöffnet wird. Was für eine grotesk-alberne Situation. Es fehlt nur noch, dass wir alle drei pfeifend zur Decke schauen. Ich hole Luft und frage mit fester Stimme: „Shaun? Ist alles in Ordnung bei dir?"

Einen Moment befürchte ich, keine Antwort zu erhalten, dann vernehme ich ein kleinlautes: „Nicht wirklich."

Terry öffnet den Mund, und ich halte ihr den erhobenen Zeigefinger entgegen. Sie versteht die Geste und bleibt stumm.

„Möchtest du darüber reden?" Ich mache einen Schritt in Richtung Flur und füge dann hinzu: „Mit mir alleine?"

„In meinem Zimmer", antwortet Shaun, und als ich auf den Flur trete, ist der leer. Shauns geöffnete Zimmertür zeigt mir, wohin er verschwunden ist und dass er wohl wirklich mit mir sprechen möchte.

„Mach bitte die Tür zu", weist er mich an, kaum dass ich sein Zimmer betreten habe.

Nur selten betreten wir die Zimmer der anderen. Selbst Terry und ich sitzen eher in der Küche zusammen als in ihrem oder meinem Zimmer. Mir gefällt das, so bleiben die Räume unsere Rückzugsgebiete. Ob ich überhaupt schon einmal in Shauns Zimmer war? Falls ja, kann ich mich nicht mehr daran erinnern. Von einem Kerl wie Shaun hätte ich chaotische Zustände erwartet, Wäscheberge auf dem Boden und an den Wänden Poster sich nackt räkelnder Girls. Stattdessen stehe ich in einem fast schon pedantisch ordentlichen Zimmer, in dem sich mir das Gefühl aufdrängt, es durch meine bloße Anwesenheit in Unordnung zu versetzen.

„Setz dich." Shaun weist auf seinen Schreibtischstuhl, die einzige Sitzgelegenheit. Er selbst hat sich auf die Bettkante gesetzt.

Ich versuche mich an einem Lächeln. „Was ist denn los mit dir?"

„Ich ..." Shaun sucht nach Worten. „Irgendetwas stimmt nicht mit mir."

Instinktiv spüre ich, dass ich nicht direkt nachfragen, sondern zunächst abwarten sollte, was er als Nächstes sagt.

„Ich bin nicht mehr ich."

Ich wahre einen neutralen Gesichtsausdruck, fürchte ich doch, Shaun würde erneut die Fassung verlieren, wenn ihm klar wird, dass mich eine derart tiefgründige Äußerung von ihm fast vom Stuhl reißt.

„Sieh dir das an!" Noch ehe ich recht begreife, was passiert, hat Shaun sein Shirt über den Kopf gezogen und ist im gleichen Augenblick aufgestanden.

Die Frage, was ich sehen soll, schlucke ich herunter, denn tatsächlich ist die Antwort sichtbar. Shauns Oberkörper ist immer noch in einer Form, um den ihn die meisten Männer beneiden würden, aber für seine Verhältnisse zeigen sich Schwächen. Sein Sixpack ist kaum noch sichtbar. Zum ersten Mal erkenne ich an seiner Körpermitte so etwas wie einen Bauchansatz. Noch auffälliger hingegen sind die Veränderungen im Brustbereich. Wirkte der zuvor, als habe ihn Michelangelo höchstpersönlich in Marmor gemeißelt, zeichnet sich nun hier eine Form ab, die entfernt an einen Busen erinnert.

Ich scheine die Kontrolle über meinen Gesichtsausdruck verloren zu haben, denn Shaun lässt sich zurück aufs Bett fallen. „Wusste ich es doch", jammert er.

„Hey", versuche ich ihn zu trösten. „Bei der Topform, in der du stets warst, fallen natürlich schon minimale Veränderungen auf. Ich bin mir sicher, dass die meisten Männer dafür töten würden, um nur annähernd so auszusehen wie du jetzt."

Er hebt seinen Oberkörper vom Bett, stützt sich auf den Ellenbogen auf und schenkt mir einen tadelnden Blick. „Die meisten Männer haben auch keinen Ruf zu verlieren. Bei den Ladys gelte ich als Granate. Die stehen Schlange, um mich zu bekommen." Er schluckt geräuschvoll und sieht aus, als würde er im nächsten Augenblick in Tränen ausbrechen, fängt sich wieder und fügt flüsternd hinzu: „Oder standen Schlange."

„Nichts, was ein bisschen Sport nicht wieder in Form bringen kann." Mehr als eine Plattitüde fällt mir nicht ein. Ich bin keine schlechte Trösterin, bei wirklichen Problemen. Und das hier ist in meinen Augen keins. Aber stimmt das? Ist es nicht überheblich, das einfach so zu behaupten? Schließlich liegt das ja im Auge des Betrachters, und in Shauns Augen ist es ein gigantisches Problem. „Sorry. Ich wollte dein Problem nicht kleinreden", füge ich hinzu. „Ich fand schon immer, dass die meisten Frauen dich zu sehr auf deinen Körper reduzieren. Ein Bild, das sie von dir haben." Ich erwarte, Empörung in Shauns Gesicht zu sehen. Erneut werde ich überrascht, denn sein Blick geht nachdenklich in die Ferne.

„Vielleicht stimmt das", sagt er so leise, dass ich es gerade so verstehen kann.

Das ist mein Stichwort, um zu gehen. Die Türklinke in der Hand, drehe ich mich noch einmal um. „Weißt du", ich kaue auf meiner Unterlippe, „es ist nie zu spät, das Bild, das andere von dir haben, zu ändern." Ohne ihn noch einmal anzusehen, verlasse ich sein Zimmer und frage mich, ob sich diese Aussage wirklich nur an Shaun richtet.

18

„Ich hatte keine Ahnung, dass er so etwas nimmt. Ich dachte, das machen nur alte Männer?"

„Du würdest dich wundern. Medikamente wie Viagra gehören mittlerweile für viele zu einer guten Nummer dazu. Selbst für Frauen."

„Frauen?"

Terry nickt. „Soll angeblich mehr Spaß machen. Mit eigenen Erfahrungen kann ich das nicht belegen."

„Das erklärt natürlich sein Durchhaltevermögen", sage ich. „Ich habe mich schon häufig gefragt, wie er seinen Begattungsmarathon durchhält."

„Jetzt weißt du, dass unser Shaun auch nur mit Wasser kocht oder vielmehr mit Viagra."

„Ich hätte nicht gedacht, dass es Placebo-Viagra gibt."

„Mrs Norch sagt, dass die bei älteren Herrschaften zum Einsatz kommen, für die die blauen Pillen wegen Herzleiden nicht mehr in Frage kommen."

„Das ist doch irgendwie Betrug."

„Aber letztlich dient der ja einer guten Sache. Wie auch bei unserem dauervögelnden Mitbewohner." Terry schließt die Tür zum Café auf. „Shaun hat einen kleinen Dämpfer bekommen und wird daraus hoffentlich eine Lehre ziehen."

„Es war schon angenehm, mal ein paar Nächte und Morgen ohne Palaver zu haben." Ich lächle verlegen.

„Eben. Und irgendwann wäre ihm sein Ding womöglich noch abgefallen. Somit habe ich mit dem Austausch ein gutes Werk getan."

„Du Gute!"

Terry legt den Kopf schief und grinst breit.

Ich nehme meine Schürze vom Haken, binde sie um und gehe dann in den Gastraum, wo ich die umgekehrt auf den Tischen stehenden Stühle herunterstelle.

„Du übernimmst heute die Gäste?"

„Nach dem ganzen Drama habe ich richtig Lust auf unproblematischen Kundenkontakt."

„Oha!" Terry lacht auf. „Das kommentiere ich besser nicht weiter. Will ja kein Unglück heraufbeschwören." Terry verschwindet in Richtung Backstube.

Ich schnappe mir den Glasreiniger und entferne die angeschriebenen Angebote. Das ist schon lange überfällig.

Ich bin gerade beim Carrot Cake angekommen, den wir neu ins Programm aufgenommen haben, als es gegen die Eingangstür klopft. Es ist Roger, Terrys Dad, und er wird von einer Dame begleitet, deren Gesicht hinter einer gigantischen Brille verschwindet. Ich winke den beiden zu und gehe zur Tür. Kaum kann ich den Blick von der Brillenlady lösen, was dem Umstand geschuldet ist, dass ich nun auch den Gesichtsteil unterhalb der Brille genauer in Augenschein nehmen kann. Denn darunter besteht alles aus einem grinsenden Mund mit auffälligen Zähnen, und ich erwarte, ein Wiehern zu vernehmen, als ich die Tür öffne.

Stattdessen fällt mir die Brillenlady um den Hals und schmettert mir ins Ohr: „Ich freue mich ganz sehr! Ja wirklich. Ganz sehr freue ich mich."

Roger blickt so verdutzt drein, wie ich mich fühle und erwidert zaghaft: „Das ist nicht ... also sie ist nicht ...“

Die Brillenlady ist dazu übergegangen, mich an den Schultern haltend zu betrachten. „Also, es ist ganz bemerkenswert. Aber ganz bemerkenswert.“ Ihr Blick springt zwischen Roger und mir hin und her. „Die Augen. Also ganz klar die Augen.“

„Elsa“, versucht Roger es erneut.

Ich stehe derweil wie erstarrt da. So langsam dämmert mir, was hier vorgeht und wer Elsa ist. „Sie müssen die“, beginne ich und breche sofort ab. Wie bezeichne ich sie korrekt? Da ich weiß, wie sparsam Roger mit Worten und Beschreibungen, insbesondere diesbezüglich ist, habe ich Scheu, sie als seine Freundin zu bezeichnen. Der Begriff „Bekanntschaft“ würde sie aber womöglich beleidigen.

Roger holt Luft und stößt hervor: „Das ist nicht Terry! Das ist nicht meine Tochter.“ Er läuft puterrot an.

„Ist gar kein Problem“, versuche ich die Situation zu entschärfen. „Schließlich gehöre ich ja quasi zur Familie.“ Rogers dankbarer Blick zeigt mir, dass mir die Entschärfung gelungen ist. „Möchten Sie vielleicht einen Kaffee?“

Elsa nickt eifrig. „Gerne.“

Ich gehe hinter den Tresen und betätige die Kaffeemühle. „Cappuccino, Milchkaffee?“

„Cappuccino.“ Elsa strahlt, als hätte ich ihr Gold und Juwelen angeboten.

„Roger? Was möchtest du?“

Er winkt ab. „Im Moment gar nichts.“

„Soll ich Terry holen?“

Er zuckt zusammen.

„Terry wird sich sicherlich freuen, dich zu sehen." Ich schenke ihm ein breites Lächeln, welches hoffentlich Zuversicht ausstrahlt. „Euch zu sehen."

Er betrachtet seine Hände, die sich am Tresen festklammern.

„Wir sind gleich bei euch." Mit diesen Worten verschwinde ich in Richtung Backstube. Es hätte wenig Sinn, das Zusammentreffen noch länger hinauszuzögern. Ich befürchte ansonsten auch, dass Roger ein Magengeschwür bekommen wird.

„Besuch für dich", sage ich, als ich in die Backstube trete.

Terry fährt herum und sieht mich prüfend an.

„Dein Dad. Mit seiner neuen Freundin."

„Na endlich." Sie wischt die Hände an ihrer Schürze ab. „Bringen wir es hinter uns. Er scheißt sich doch sicherlich schon in die Hose?"

So sehr ich Terry mag, ihre respektlosen Äußerungen, vor allem ihrem Vater gegenüber, finde ich unpassend. „Du weißt doch wie er ist. Und es ist doch auch schön, dass es ihm wichtig ist, was du von ihr hältst."

Sie kommt auf mich zu. „Was hältst du denn von ihr?"

Ich hasse derartige Situationen! Einerseits fühle ich mich meiner besten Freundin gegenüber zu Ehrlichkeit verpflichtet, andererseits möchte ich auch Roger unterstützen, der nach all den Jahren endlich jemand gefunden hat. Und sollte er nicht derjenige sein, der sich gut fühlen muss und um den es geht?

„Sie scheint viel Humor zu haben."

„Dann schauen wir uns die Dame mal an", sagt sie und tritt durch die Tür in den Gastraum.

19

Das Zusammentreffen von Terry und Elsa als kurios zu bezeichnen, wäre wohl untertrieben. Doch Elsa, die nicht gerade die hellste Kerze auf der Torte ist, versteht glücklicherweise nicht jede Anspielung Terrys, und so geht das Ganze glimpflich ab. Roger sagt fast gar nichts. Er wirkt wie ein Patient, der beim Zahnarzt eine Wurzelbehandlung hat. Nach einer Stunde ist es dann vorbei, und Elsa und Roger verabschieden sich.

Ich muss die ganze Zeit an Doktor Sullivan und Philipp denken. Obwohl wir alle Hände voll zu tun haben, kreist mein Verstand nahezu ununterbrochen um Philipp und darum, was er mit Sullivan zu schaffen hat und dass ich ihn an die Polizei verraten habe.

Mir wird klar, dass ich keine Ruhe bekommen werde, ohne mich bei Philipp zu melden. Ich muss wissen, was da los ist und ihm beichten, dass wir ihn beobachtet haben. Ich weiß nicht, was unangenehmer ist, die Erwartung des Gesprächs, das vor mir liegt, oder die Erkenntnis, dass mir Philipp deutlich weniger egal ist, als ich mir einzureden versuche.

„Worüber denkst du nach?", fragt mich Terry, als wir am Abend das Café säubern und aufräumen.

Kurz überlege ich, ob ich dieses Gespräch führen möchte, aber meine Freundin wird nachbohren, da kann ich ebenso gut sofort mit der Sprache rausrücken. „Ich will unbedingt wissen, was da los ist mit Sullivan und Philipp. Und irgendwie habe ich auch ein schlechtes Gewissen."

„Schlechtes Gewissen?"

„Ist wahrscheinlich bescheuert, aber es fühlt sich an, als hätte ich Philipp ans Messer geliefert."

„Aber du hast Bruce gegenüber seinen Namen doch gar nicht erwähnt."

„Ja. Wenn er aber Nachforschungen anstellt und Philipp tatsächlich in krumme Dinge verwickelt ist, könnte er ins Visier der Ermittler gelangen."

Ich wappne mich schon für ihre Widerworte und Schelte, dass es mir immer noch wichtig ist, was mit Philipp passiert, aber stattdessen nimmt sie mich in den Arm. „Ich verstehe dich. Aber du hast das Richtige getan. Und du hast bestmöglich versucht, Philipp da rauszuhalten."

„Aber ich möchte es trotzdem wissen."

„Ich auch", sagt sie mit einem Grinsen. „Was hältst du davon, wenn wir Philipp gemeinsam treffen?"

„Das ist eine sehr gute Idee", antworte ich.

20

„Jetzt mach dir keinen Kopf. Wenn du zu nervös sein solltest, überlass mir einfach das Reden."

Es war eine gute Idee, Terry dabei zu haben. Auch wenn ich Philipp davon nichts geschrieben habe, was wiederum ebenso Terrys Idee war. Das Café wirkt hingegen wie neutraler Boden, und ich hoffe, dass das die Angelegenheit ein wenig entschärft. Bin ich zu voreilig? Denn das klingt so, als wäre Philipps Verwicklung bereits klar. Es kann immerhin genauso gut sein, dass er mit Sullivan völlig andere Angelegenheiten zu klären hatte. Aber so oft ich mir das auch sage, mein Bauchgefühl lässt da keinen Zweifel zu.

Als habe er auf sein Stichwort gewartet, klopft Philipp in diesem Moment an die Tür. Ich habe ihn bewusst eine Stunde vor der offiziellen Öffnung herbestellt, damit wir ungestört sind. Ich versuche, meine Unruhe herunterzuschlucken, was mir nicht gelingt, und gehe zur Tür.

„Hab mich gefreut, von dir zu hören", platzt es aus Philipp heraus, kaum dass er das Café betreten hat.

Wenn du wüsstest, denke ich und sage: „Ja, schön, dass du da bist. Möchtest du einen Kaffee?"

Philipp wünscht sich einen Cappuccino, und ich dirigiere ihn auf einen der Barhocker vor dem Tresen, während ich das Heißgetränk zubereite. Terry hat sich zurückgezogen, so haben wir es besprochen. Es hätte sonst etwas von einem Tribunal gehabt, würden wir

Philipp zu zweit empfangen. Wir haben außerdem ausgemacht, dass Terry nach kurzer Zeit wie beiläufig dazukommt und in das Gespräch einsteigt.

Meine Hände zittern, als ich den Siebträger gegen die Automatik der Mühle drücke, um ihn mit Kaffeepulver zu füllen. „Geht es dir gut?", frage ich Philipp und weiß, dass das längst nicht so beiläufig rüberkommt, wie ich es beabsichtigt habe.

„Alles easy", gibt er zurück. Entweder hat er den drängenden Unterton meiner Frage nicht bemerkt, oder er wollte ihn nicht bemerken.

„Wie läuft es bei dir im Job?"

Jetzt ernte ich den Blick, den ich bereits erwartet habe. „Wie kommst du auf die Frage?"

„Nur so. Wir haben ja schon lange nicht mehr geredet."

„Wir hatten ja meist Besseres zu tun." Philipps anzügliches Grinsen lässt Ärger in mir aufwallen.

„Dazu wird es heute aber nicht kommen. Dass du das gleich weißt!", zische ich.

„Wenn du meinst." Sein Grinsen wird noch breiter, und ich verfluche mich, dass er mich so schnell aus der Ruhe bringen kann.

„Hey Philipp", erschallt es hinter mir, wobei Terry neben mich tritt. Am liebsten würde ich ihr um den Hals fallen, so erleichtert bin ich.

Philipp sieht Terry zweifelnd an, dann wieder mich. Ihm ist klar, dass hier etwas vorgeht. „Was ist hier los?", fragt er.

„Wir haben etwas gesehen, dass wir nicht zuordnen können", sagt Terry.

„Aha." Philipp gibt sich unbeeindruckt.

„Du warst vor ein paar Tagen im Magnolia Gardens“, fährt Terry fort.

„Und?“ Philipp verschränkt die Arme vor der Brust.

„Und hast dort mit jemand gesprochen.“

„Soll das ein Verhör werden, oder was?“, speit er aus und wendet sich dann an mich: „Was soll das hier? Hast du deine Freundin auf mich angesetzt, um mich fertigzumachen? Bist du so feige?“

Ich schlucke. Unrecht hat er nicht. Ich kann hier nicht wie eine Zuschauerin danebenstehen und mich gar nicht an dem Gespräch beteiligen. Ich stelle die Tasse, die ich in der Hand halte, ab, hole Luft und sage: „Was hast du mit Doktor Sullivan zu tun? Und worüber habt ihr gesprochen?“

Seine Coolness ist nun vollkommen dahin, und ich muss zugeben, dass es mir eine gewisse Genugtuung verschafft. Normalerweise bin ich diejenige, die aus der Fassung gerät, während Philipp alles im Griff zu haben scheint. Die Scham folgt jedoch kurz darauf, denn seine Reaktion lässt vermuten, dass wir mit unserem Verdacht ins Schwarze getroffen haben.

„Ich bin euch keine Rechenschaft schuldig!“ Philipp ist vom Barhocker aufgestanden.

„Wir waren bei der Polizei!“

Nicht nur Philipp wirft Terry einen entgeisterten Blick zu, auch ich bin, gelinde gesagt, wie vom Donner gerührt.

„Ihr wart was?“ Sein Kopf hat sich rot verfärbt, und ich fürchte, dass er entweder gleich platzt oder er mir oder Terry eine langt.

„Aber deinen Namen haben wir selbstverständlich nicht erwähnt“, versuche ich, ihn zu beruhigen, was mir nicht wirklich gelingt. Deshalb erzähle ich schnell von Pinguins Frau, was ja im Grunde alles ins Rollen gebracht hat.

Das scheint ihn tatsächlich zu beruhigen oder zumindest abzulenken. „Ich wusste, dass der Typ viel tiefer drin hängt", sagt Philipp und sieht zuerst Terry, dann mich an.

„Was wolltest du von ihm?" Terry reicht ihm den Cappuccino, den ich endlich zubereitet habe.

Er seufzt. „Also, gut. Ihr werdet mir das zwar nicht glauben, denn schließlich scheint ihr euer Urteil ja bereits gefällt zu haben, aber ich wollte tatsächlich jemandem helfen."

Ich beiße mir auf die Wangen. Auf gar keinen Fall dürfen meine Gesichtszüge entgleisen, sonst ist dieses Gespräch sicherlich beendet. Und wir stehen kurz davor, ein paar Antworten zu bekommen.

Aus dem Augenwinkel sehe ich, dass Terry wohl genauso denkt und bin froh, dass auch sie keine Miene verzieht, was dazu führt, dass Philipp weiterspricht.

Ein Arbeitskollege von ihm, mit dem er auch befreundet sei, habe angefangen, Ritalin zu schlucken. Was, wie Terry mir kurz mitteilt, ein Medikament ist, das vor allem hyperaktive Kinder bekommen. Während es die beruhigt, bewirkt es bei Erwachsenen das Gegenteil.

„Quasi Koks in Tablettenform", beendet Terry ihre Erklärung.

„Das nehmen viele in der Bank. Ich hab's, ehrlich gesagt, auch schon probiert. Aber dann fing Edwin mit Oxy an."

„Oxy?", frage ich.

„Oxycodon", antwortet Terry, und Philipp nickt.

Ich erinnere mich daran, dass Bruce davon gesprochen hat. Und dass dieses Medikament auch im Blut von Pinguins Frau nachgewiesen wurde. Das ist mehr als eine heiße Spur! Die Aufregung steigt glühend in mir auf, und ich verschränke meine Hände so fest ineinander, dass die Knöchel weiß hervortreten.

„Das ist echtes Teufelszeug!" Philipp starrt mich mit aufgerissenen Augen an. „Ich konnte zusehen, wie es Edwin schlechter ging. Anfangs erschien er nur zu spät zur Arbeit und war verkatert. Doch dann geriet er psychisch völlig aus dem Ruder."

„Was meinst du damit?" Ich reibe mir das Kinn.

„Er war gar nicht mehr er selbst. Litt unter extremen Stimmungsschwankungen. Von Euphorie stürzte er ins depressive Tief. Das war richtig unheimlich."

„Und das ist sonst niemandem aufgefallen?"

„Natürlich ist es das. Ich habe versucht, ihn zu schützen. Habe mir gegenüber Kollegen und Vorgesetzten eine Geschichte einfallen lassen, dass er unter einer bipolaren Störung leidet."

Terry wirft mir einen Blick zu und kommentiert: „Manisch-depressiv."

Was eine bipolare Störung ist, weiß ich leider aus familiärer Erfahrung mit einer Cousine, die darunter leidet.

„Eine Zeitlang ging das gut. Wobei ich mir immer weniger sicher war, ob ich Edwin damit wirklich unterstützte oder sein Problem nicht sogar verstärkte."

„Eine typische Co-Abhängigkeit. Ist bei Alkoholikern auch oft so, dass Freunde oder Partner das Problem kompensieren und damit die Folgen verschleiern, was das eigentliche Problem sogar verstärken kann." Terrys

Aussage ist sicherlich richtig, aber bestimmt nicht das, was Philipp hören möchte. Aber zu meiner Überraschung nickt er.

„Ich habe herausgefunden, dass Edwin den Mist von seinem Arzt bezieht, diesem Sullivan. Ich wollte ihn zur Rede stellen, kam jedoch zunächst nicht an ihn heran.“

„Wieso hast du nicht die Polizei eingeschaltet?“, frage ich und kann mir die Antwort schon denken.

„Damit Edwin seinen Job verliert? Er hat eine Familie. Zwei kleine Kinder. Das hätte alles auf dem Spiel gestanden.“

Wieder einmal muss ich mir eingestehen, dass ich Philipp völlig falsch eingeschätzt habe. Oder macht er uns nur etwas vor, um den eigenen Kopf aus der Schlinge zu ziehen?

Er berichtet uns, wie er sich bei Sullivan als Patient eingeschlichen habe und schließlich selbst von ihm Oxycodon bezog.

„Ich habe die Gespräche mit meinem Handy aufgenommen.“ Philipp nimmt einen Schluck von seinem Kaffee. „Das habe ich Sullivan mitgeteilt. Wollte ihn so erpressen, damit aufzuhören.“

„Und?“, frage ich.

„Er sagte, dass ein kalter Entzug Edwin noch mehr Probleme machen würde und dass er seine Dosis langsam reduzieren würde.“

„Und du hast ihm geglaubt.“ Obwohl Terrys Aussage keinerlei vorwurfsvollen Unterton hat, wird Philipp ärgerlich.

„Aber er hat mich angelogen, dieser Bastard!“, beendet Philipp seine Ausführungen und starrt wütend in seine leere Kaffeetasse. Sein letzter Ausruf hängt in der

Luft wie eine Nebelschwade, die weder Terry noch ich mit einer Frage auflösen möchten.

Ich mache mich daran, einen weiteren Kaffee zuzubereiten. Zwar hat niemand danach verlangt, aber so habe ich zumindest etwas zu tun. Dann habe ich eine Idee. „Wir könnten uns doch zusammentun." Ich sehe zuerst Philipp, dann Terry an und bemerke, dass ich meine Idee weiter ausführen muss. „Gemeinsam können wir Sullivan überführen. Dann ist er für Edwin kein Problem mehr, und wir könnten Bruce den Mörder von Pinguins Frau liefern."

„Wenn er denn deren Mörder ist." Terry schiebt die Unterlippe vor, dann grinst sie. „Aber, warum nicht? Könnte Spaß machen, und ich würde dir gerne einen Vorteil beim sexy Inspector verschaffen."

Bei ihren Worten verzieht Philipp das Gesicht, als habe er in eine Zitrone gebissen, doch dann nickt er und sagt: „Ich bin dabei."

21

Am Montag öffne ich das Café allein, denn Terry ist auf Mission, wie sie sagt. Sie hat mir mehrfach angeboten, dass auch ich den Part übernehmen kann, aber selbstverständlich ist sie dafür viel besser geeignet. Ich würde mich womöglich verplappern oder die Rolle nicht glaubwürdig genug spielen. Und außerdem ist die Vorstellung, mehrere Stunden mit Philipp zu verbringen, auch nicht gerade verlockend.

Denn trotz aller Bekundungen bin ich nicht so weit, wie ich dachte und hoffte. Philipp ist ein Splitter, der schon viel zu lange in meinem Fleisch steckt, und es wird noch ein schmerzhafter und langwieriger Prozess, mich von ihm zu befreien.

Terry wird heute also Sullivan aufsuchen und von ihm Oxycodon kaufen. Dafür benötigt sie zwar nicht zwingend Philipps Hilfe, aber mit seinem Hintergrundwissen sollte alles reibungsloser ablaufen. Selbst wenn Philipp außer Sichtweite warten muss, ist er über ein Mikro mit Terry verbunden und kann so alles hören, was sie und Sullivan besprechen. So ist Philipp zumindest in der Nähe, sollte etwas passieren.

Soweit ich weiß, werden solche heimlichen Aufnahmen zwar vor Gericht nicht zugelassen, aber zumindest hätten wir einen Hinweis auf Sullivans Machenschaften, den wir Bruce präsentieren könnten.

Das Café füllt sich nur langsam, was blöd ist, denn ich hatte die Hoffnung, mich durch Arbeit von meinen Grübeleien ablenken zu können.

„Ich wollte den Schokoladenkuchen“, sagt die junge Frau, der ich gerade Kaffee und eben nicht den richtigen Kuchen an ihren Tisch gebracht habe.

Ich ringe mir ein verlegenes Lächeln ab. „Da habe ich wohl etwas durcheinandergebracht, Entschuldigung.“

Sie lächelt nicht zurück, gehört zu der strengen Sorte, die keine Fehler verzeiht. „Aber der Kaffee ist ja sicherlich mit Hafermilch. So wie ich es bestellt hatte?“

Mein Lächeln friert ein. Natürlich habe ich auch das vergessen.

„Ich …“, beginne ich und versuche, mir die Worte zurechtzulegen, um meinen, in den Augen der Frau unverzeihlichen, Fauxpas zu rechtfertigen.

Aber sie kommt mir zuvor, indem sie sagt: „Wissen Sie was? Es hat sich erledigt. Ich suche mir einfach ein Café, in dem ich das bekomme, was ich bestellt habe.“ Sie steht auf, wirft ihre Jacke über und stürmt hinaus.

Ich sehe mich um und bin ausnahmsweise mal froh, dass nur noch zwei Gäste anwesend sind, der eine in sein Smartphone, die andere in ihre Zeitung vertieft, die wohl nichts von dem Theater mitbekommen haben. Ich muss mich echt zusammenreißen, aber mit jeder Minute, die verrinnt, und in der ich nichts von Terry oder Philipp höre, werde ich besorgter.

Als die beiden letzten Gäste gegangen sind, bei jedem von ihnen habe ich gefühlte Stunden benötigt, um das richtige Wechselgeld herauszugeben, schließe ich das Café. Ich bin nicht in der Lage zu arbeiten!

Weitere Minuten später erscheint mir auch dieser Entschluss fragwürdig. Mein Kopf hat den Gedanken von einer in Geiselhaft genommenen Terry auf Spielfilmlänge ausgedehnt und um nette Details ergänzt: Da wäre zum Beispiel die Vorstellung, dass der Sullivan in meinem Kopf gerade dabei ist, Terry auf die grausamste Art zu quälen, um herauszufinden, wie sie ihm auf die Schliche kam. Und Philipp? In meinem Film vergnügt der sich, nur wenige Meter von Terry entfernt, mit der attraktiven Sprechstundenhilfe auf der Toilette.

Als die Tür zum Café von einer verschmitzt grinsenden Terry aufgeschlossen wird, Philipp im Schlepptau, muss ich mich zusammenreißen, um nicht in Tränen auszubrechen. „Bin ich froh, dass es dir gut geht!", stoße ich hervor und falle ihr um den Hals.

„Linny! Jetzt sag nicht, dass du dir Sorgen gemacht hast?" Sie streicht mir über die Wange, und ich schlucke ein paar Mal, bis der Kloß in meiner Kehle in meinen Bauch rutscht und dort liegen bleibt. „Du hast zugemacht?"

Ich nicke. Die Erleichterung muss erst noch richtig bei mir ankommen, bevor ich mehr sagen kann.

„Kluge Frau." Terry hebt den Daumen. „Dann können wir dir alles in Ruhe erzählen."

Wir gehen an den Tresen, wo ich mich auf einen der Barhocker fallen lasse. Sollte es nicht Terry sein, die mit den Nerven zu Fuß ist?

Aber die scheint das anders zu sehen und redet munter weiter: „Es war ganz einfach. Sullivan scheint in Geldnöten zu stecken. Hat noch nicht einmal so getan, als würde ihm das Ganze schwerfallen." Terry nimmt einen großen Schluck aus dem Wasserglas, das sie bis zum Rand gefüllt hat. „Da ist noch deutlich mehr. Da bin ich mir sicher. Der Doktor steckt bis zum Hals in der Scheiße.“

„Terry und ich glauben, dass er Schulden hat, die er mit seinem Nebenverdienst zurückzahlen will“, schaltet sich Philipp ein.

„Aber wie kommt ihr darauf?“ Ein Pochen macht sich hinter meiner Stirn bemerkbar, Kopfschmerzen kündigen sich an. Ich ignoriere das Gefühl und konzentriere mich auf das, was Terry und Philipp mir erzählen. Das hat etwas von einem Rennen oder Staffellauf, da sie einander die Stichworte geben und leider auch von Etappe zu Etappe schneller in ihren Erzählungen werden.

Irgendwann hebe ich die Hand. Ich könnte ebenso gut ein weißes Geschirrtuch schwenken, denn ich komme nicht mehr mit. Bilde ich mir das ein, oder verstehen die beiden sich blendend? Für den Augenblick hat die Frage jedoch keine Priorität. Zunächst mal muss ich in Terrys und Philipps Gedankenkonstrukt hineinfinden. „Also, du hast gehört, dass er ein schwieriges Telefonat hatte?“, frage ich Philipp, der eifrig nickt.

„Es war vor ein paar Wochen. Ich war der letzte Patient in seiner Praxis, und er hat wahrscheinlich nicht daran gedacht, dass ich noch da war. Zumindest war die Tür zu seinem Büro nicht richtig geschlossen, und ich konnte das Gespräch gut hören.“

„Und dabei ging es um Schulden?“ Irgendwie fällt es mir schwer, Philipp zu glauben, was nicht nur an meinen Erfahrungen mit ihm liegt. Das ganze Szenario hört sich an wie aus einem Film oder einer Serie.

„Ich weiß, wie sich das anhört.“ Philipp kaut auf seiner Unterlippe, anscheinend hat er mir meine Zweifel angesehen. „Aber er hat ganz klar gesagt, dass er das Geld bald aufgetrieben hat, und er hatte diesen Ton in der Stimme.“

„Diesen Ton?“

„Ihr habt Sullivan ja nun auch schon ein paar Mal erlebt.“

„Allerdings“, sage ich mit einem verächtlichen Schnauben.

„Er ist ein arroganter Wichser“, fasst Terry ihre Erfahrung in klare Worte.

Philipp nickt. „Absolut! Umso mehr hat mich dieser Ton erschreckt. Denn bei diesem Gespräch am Telefon wirkte er ganz anders. Ich habe echt gedacht, er bricht gleich in Tränen aus. Er hat fast gewinselt.“

Bei Philipps letzten Worten läuft es mir kalt den Rücken herunter. Ein Mann wie Sullivan zeigt niemals Schwäche, es sei denn, er hat wirklich Angst. Und Angst hat so jemand nur, wenn er es mit wirklich üblen Kerlen zu tun hat. „Okay“, sage ich und runzele die Stirn. „Und was war das jetzt mit der Rennbahn?“

„Das habe ich herausgefunden.“ Terrys Augen funkeln. „Auf Sullivans Schreibtisch lag ein Heft der Ascot Rennbahn, und der Doktor hat einige Rennen und Pferde darin markiert.“

Ich muss zugeben, dass sich das zu einem Gesamtbild zusammenfügt. „Wenn der Doktor ein Glücksspielproblem hat und sich bei den falschen Leuten das Geld dafür geliehen hat ...“

„... muss er versuchen, dieses Geld schnell aufzutreiben“, beendet Terry meinen Satz.

„Aber warum so?", frage ich. „Warum auf diese Art und Weise?"

„In der Medizin lässt sich nicht mehr so viel und vor allem schnell Geld machen wie vor Jahrzehnten", antwortet Philipp.

„Anders als beim Verkauf von suchterzeugenden Medikamenten." Terry legt den Kopf schief und klimpert mit den Augen. „Not macht eben erfinderisch."

Etwas in mir sträubt sich zwar weiterhin, das zu akzeptieren, will glauben, dass ein Arzt Derartiges nicht machen würde. Aber die Dinge, die Terry und Philipp herausgefunden haben, passen nicht nur zu gut zusammen, sondern auch zu den Vermutungen, die wir ohnehin schon über Sullivan hatten.

„Dann erzähle ich Bruce alles." Ich zögere und füge hinzu: „Oder sprechen wir alle mit ihm?"

Philipp hebt die Hand. „Noch sollten wir nicht zur Polizei gehen. Bislang haben wir für Sullivans Motiv nur Indizien, und sollte die Polizei ihm weiter auf den Zahn fühlen, wird er noch vorsichtiger werden."

„Was schlägst du also vor?" Ich spüre ein Ziehen in der Magengegend. Ob es Aufregung ist oder Furcht vor einer weiteren Mission, die Philipp sich unter Garantie bereits überlegt hat, kann ich nicht sagen.

„Wir gehen zum nächsten Rennen." Wieder glitzern Terrys Augen. Bei ihr kann ich klar sagen, dass es von der Aufregung ist. Meine Freundin liebt den Nervenkitzel.

„Und wann ist das?" Bei mir hat sich das Ziehen zu einem Klumpen in meinem Magen zusammengezogen. Wovon der kommt, muss ich mich nicht lange fragen. Der Gedanke, Sullivan zu beschatten, der sich wiederum in den Fängen irgendwelcher dubiosen Geldeintreiber befindet, macht mir Angst.

„Nächsten Samstag." Philipp wirkt so enthusiastisch wie Terry. Und somit fühle ich mich genötigt zu nicken und meine Bedenken runterzuschlucken. Auch wenn ich ein blödes Gefühl bei der Sache habe.

22

Auch wenn mir Terry diesen Mittwoch fehlt, ich bin froh, dass es sich um einen „klassischen" handelt, da Terry heute Medikamente ausfährt. Um elf Uhr ist das Café zur Hälfte gefüllt mit einer Gruppe, die aussieht wie Hausfrauen, die eine Pause von ihrer Shoppingtour nehmen, und mehreren Rentnern, die, bis auf ein zuckersüßes Pärchen, das einander betrachtet wie verliebte Teenager, einzeln sitzen. Das führt dazu, dass, bis auf einen, jeder unserer Tische besetzt ist. Normalerweise nervt mich das, denn es bedeutet mehr Aufräum- und Reinigungsarbeit bei weniger Verdienst. Denn Paare oder Gruppen essen und trinken meist mehr. In ein angeregtes Gespräch vertieft, darf es schon mal ein weiteres Stück Kuchen oder Tasse Kaffee sein. Die Einzelgäste machen auch aus ihrem Getränk gerne Singles. Vielleicht ist dadurch das mit ihrem Getränk geteilte Leid halbes Leid?

Als ich vom Tisch, den ich gerade abwische, aufsehe, öffnet jemand die Tür. „Hallo Mom", sage ich, als sie an meinem Tisch angekommen ist.

Sie hält das Taschentuch, mit dem sie die Tür geöffnet hat, immer noch in der Hand. Keine Ahnung, ob das eine neue Marotte von ihr ist, oder nur dazu dient, mir zu zeigen, wie schmuddelig sie meinen Laden findet. Wie dem auch sei, führt es jedoch dazu, dass ich schon genervt bin, bevor sie ein Wort gesagt hat. Das ist neuer Rekord für uns.

„Grüß dich, Schatz. Da ich nun schon so lange nichts mehr von dir gehört habe, komme ich eben persönlich vorbei."

Da sie sich die Mühe gemacht hat, mich zu begrüßen, presse ich die Worte nach unten, die sich aus meinem Mund drängen wollen. Nach dem Taschentuch, das sie immer noch zwischen den spitzen Fingern hält wie eine Trophäe, ist es ihr entnervter Tonfall, der mich zur Weißglut treibt. „Nicht hier!", schärfe ich mir ein. Einerseits, weil ich eine Geschäftsfrau sein will, die persönlichen Ärger zurückstellen kann, wenn es nicht in den Betrieb passt, aber vor allem, weil ich ihr nicht die Genugtuung geben will, mich eben nicht wie eine zu verhalten. Das würde sie mir nämlich sogleich vorhalten, wenn ich auf ihre Provokationen einsteigen sollte.

„Komm doch mit mir an den Tresen", zwitschere ich in einem übertrieben zuckersüßen Tonfall und stelle freudig fest, dass sich dadurch der angestaute Ärger ein wenig löst.

Mit der Reaktion hat sie wohl nicht gerechnet und sieht mich konsterniert an, was mich sogar lächeln lässt: The other Linn is back! Das hoffe ich zumindest. Meine Mutter ist die härteste Nuss für mich, mein Kryptonit. Sie verfügt über unzählige Arten, um mich aus der Fassung zu bringen. Insofern genieße ich den kurzen Triumph, sie aus dem Konzept gebracht zu haben.

Doch schon schmilzt meine Freude wie Eiscreme in praller Sonne, als sie stehen bleibt, obwohl ich ihr einen Platz auf einem der Barhocker anbiete, während ich hinter der Theke verschwinde. Natürlich weiß ich,

warum sie sich nicht setzt, bin aber kampfeslustig.
„Warum setzt du dich nicht?“

„Sei mir nicht böse, Kind, aber eure *Inneneinrichtung*“, sie lässt das letzte Wort bedeutungsschwanger im Raum hängen und dazu den Blick durch selbigen schweifen, als könne ihr Hirn nicht verarbeiten, was ihre Augen sehen, „ist für jemanden wie mich nicht unbedingt einladend.“

Schon hat sie mich wieder so weit! Ein Lachen entfährt mir, das auch ein Schnauben sein könnte und mir selbst gilt. Entweder ist die andere Linn doch nicht zurück, oder sie ist dieser Frau nicht gewachsen, was für die Situation auf dasselbe hinausläuft. Ich beschließe, das einzig Sinnvolle zu tun: Meinen Ärger wegzulächeln und nicht weiter darauf einzugehen. „Warum bist du hier, Mom?“

„Ich wollte nach dir sehen.“

„Das hast du ja jetzt erledigt.“

Bevor meine Mutter etwas entgegnen kann, hebt eine Rentnerin die Hand, um mich zu rufen, und ich bin froh, einen Grund zum Gehen zu haben.

Als ich zurückkehre, um für die Dame einen Kaffee zuzubereiten und das traurige Gesicht meiner Mutter sehe, bekomme ich ein schlechtes Gewissen. „Hör mal“, schlage ich einen versöhnlichen Tonfall an. „Es ist lieb, dass du vorbeigekommen bist. Aber wie du sehen kannst, habe ich ziemlich viel zu tun, und ich bin heute alleine im Café. Lass uns doch ein anderes Mal treffen und dann mit mehr Ruhe, okay?“

„Na gut.“

„Dann rufe ich dich die Tage an.“

Wieder nickt sie, und ich komme hinter der Theke hervor, um sie kurz zu drücken. Zwar habe ich mir damit nur ein wenig Zeit erkauft, aber für den Moment reicht mir das.

Ich sehe zu, wie meine Mutter das Café verlässt und denke wieder an Samstag und unsere Beschattungsmission. Ob es gefährlich werden kann? Andererseits ist auf der Rennbahn immer viel los, im Grunde gibt es doch kaum einen sichereren Ort für etwas als dort, wo sich unzählige Menschen herumtreiben? Oder?

23

„Ich bin immer noch der Meinung, wir sollten nicht zu viel Aufmerksamkeit erregen."

Terry grinst mich breit an. „Eben. Und deshalb trage ich Hut."

Ich seufze. Was habe ich erwartet? Dass Terry sich vernünftig verhält? Oder zumindest unauffällig kleidet?

„Jetzt mach dich mal locker." Sie legt mir eine Hand auf die Schulter. „Und schau dich bitte mal um. Meinst du, dass wir oder vielmehr ich hier wirklich auffallen?"

Ich lasse meinen Blick schweifen oder von Hut zu Hut hüpfen und muss lachen.

„Na, siehst du." Terry stupst mich mit der Schulter an. „Die Damen."

Wir fahren herum, und vor uns steht Philipp, der eine Verbeugung andeutet. Ich muss zugeben, dass er in dem hellblauen Anzug mit passender Krawatte umwerfend aussieht.

„Cooler Hut." Er grinst Terry an, die lächelnd den Blick niederschlägt, wie eine Dame, anstatt mit einem Spruch zu kontern.

„Ich hätte doch bei meiner Mom nach einem Hut fragen sollen." Ich schaue offenbar so bedröppelt drein, dass Terry sich bei mir unterhakt und sagt: „Jetzt mach dir mal keine Sorgen. Du siehst super aus. Und immerhin sind wir ja auch nicht zum Spaß hier."

„Das stimmt." Philipp sieht sich um. „Am besten teilen wir uns auf, so werden wir Sullivan deutlich schneller entdecken."

Beim Gedanken, allein zwischen den behüteten Damen und zum Teil auch Herren herumzulaufen, ist mir unbehaglich.

Terry scheint meine Gedanken zu lesen, denn sie macht eine abwehrende Handbewegung und sagt: „Du übernimmst die Seite der Tribüne und Linn und ich die andere. Das reicht als Aufteilung völlig. Und wenn jemand von uns Sullivan erblickt, rufen wir einander an."

Ich erwarte, dass Philipp widerspricht, normalerweise möchte er stets derjenige sein, der vorgibt, was wie getan wird. Aber er wünscht uns viel Erfolg und geht in die von Terry ihm zugewiesene Richtung.

Es ist mein erstes Mal auf einer Pferderennbahn, und ich muss zugeben, dass das muntere Treiben durchaus seinen Reiz hat. Schnell wird klar, dass das Rennen nur ein Nebenschauplatz ist. Hierher geht man hin, um gesehen zu werden, top gestylt mit auffälligem Hut und im Designerkleid oder -anzug. Immer wieder muss ich mich an unsere eigentliche Aufgabe erinnern, wenn mein Auge wieder von einem besonders auffälligen Ensemble angezogen wird.

Dann fällt mein Blick auf einen Herrn im hellgrauen Anzug ohne Hut, so dass sein dunkles Haar mit den grau melierten Schläfen sichtbar ist, und ich tippe Terry aufgeregt auf die Schulter. Auch ohne dass ich etwas sage, deutet die meine Reaktion richtig, indem sie meinem Blick folgt und ein „Bingo!" ausstößt.

Sullivan wirkt nervös und ist zudem einer der Wenigen, die von der Tribüne auf die Rennbahn schauen. In seiner Hand hält er einige Zettel, die bestimmt Wettscheine sind.

„Komm! Wir versuchen näher heranzukommen."

Ehe ich meine Bedenken äußern kann, hat Terry sich bereits in Bewegung gesetzt und schlängelt sich geschickt durch die Reihen der Rennbahnbesucher. Mir bleibt nichts Anderes übrig, als ihr zu folgen und mich zu fragen, ob ich mir, wieder einmal, zu viele Gedanken mache und ob nicht gerade das der Sinn unseres Ausflugs ist? Denn, nur wenn wir etwas näher an Sullivan herankommen, haben wir die Chance, mehr zu erfahren.

Plötzlich fällt mir Philipp ein. Einerseits kann er die Suche einstellen, andererseits, und mir auch deutlich wichtiger, kann ich ihn herbeordern, was sich sicherer anfühlt, als mit Terry allein dem Doktor auf die Pelle zu rücken. Ich wähle seine Nummer, aber erreiche ihn nicht. Es ist ziemlich laut auf der Rennbahn, da kann man das Handy leicht überhören. Ich tippe eine kurze Nachricht:

Haben ihn gefunden. Dritte Reihe, fast ganz durch.

Ob Philipp mit dieser Angabe etwas anfangen kann? Außerdem weiß ich nicht, ob Sullivan seinen Standort beibehält. Aber was Besseres fällt mir nicht ein. Dann habe ich eine weitere Idee und teile meinen Live-Standort. Wie genau die Ortung hier und inmitten so vieler Menschen funktioniert, vermag ich nicht zu sagen, aber ein hilfreicherer Einfall will sich nicht in meinen Kopf stehlen.

Terry hat Sullivan nun fast erreicht, und kurz möchte ich ihr zuzischen, dass sie vorsichtig sein soll. „Mach dich locker!", höre ich Terrys Stimme in meinem Kopf und kann sogar lächeln.

Die Frage, ob Sullivan uns wieder erkennen würde, ist glücklicherweise hinfällig, denn sein Blick fixiert die Rennbahn. Der Lauf biegt soeben in die Zielgerade ein. Seine Zungenspitze schiebt sich zwischen seine Lippen, seine Augen werden größer und größer, scheinen aus ihren Höhlen zu treten. Dann verengen sie sich zu Schlitzen, und ihm entfährt ein: „So eine verfickte Scheiße!", was eine Dame mit besonders feschem Hut veranlasst, sich empört abzuwenden.

Sullivans zitternde Rechte fährt durch sein Haar, das stumpf wirkt, während seine linke Hand die Zettel presst, als wollte er einen Putzlappen auswringen. Dieser Mann wirkt wie die unscharfe und vorzeitig gealterte Kopie des Mannes, auf den ich im Café und Magnolia Gardens traf. Es ist offensichtlich, dass es ihm nicht gut geht. Ja, dass er sich in Schwierigkeiten befindet.

Abrupt wendet er sich von der Rennbahn ab, als hätte sich dort gerade ein furchtbarer Unfall ereignet und macht sich daran, die Tribüne zu verlassen.

„Komm!" Terry zieht mich am Ärmel hinter sich her.

Wir schwimmen durch die Menge, was uns, dank ihrer Führung, gut gelingt. Wir erreichen den Bereich hinter der Tribüne, wo sich auch das ovale Grün des Sattelplatzes befindet. Sullivan bleibt abseits des Tribünenaufgangs stehen und hält sein Handy ans Ohr.

„Wir müssen näher ran“, flüstert Terry und hat sich bereits in Bewegung gesetzt. Da sie mich weiterhin am Ärmel hält, folge ich ihr. Wir bleiben wenige Meter von ihm entfernt stehen, und Terry zieht ihr Handy aus der Tasche, um vorzugeben, sie telefoniere ebenfalls. Da ich nicht weiß, wie ich mich unauffällig verhalten soll, wende ich Sullivan den Rücken zu und kann verstehen, was er sagt: „Heute Abend habe ich das Geld. Ganz bestimmt.“

Mir wird heiß. Wir scheinen mit unserer Vermutung ins Schwarze getroffen zu haben. Ich werfe Terry einen Blick zu, nicht sicher, ob sie das ebenfalls gehört hat, denn sie steht ein wenig weiter von Sullivan entfernt als ich.

„Deans Yard, sieben Uhr. Ich werde da sein“, beendet Sullivan das Gespräch, dann höre ich nichts mehr. Ich wage jedoch nicht, über die Schulter zu sehen, ob er weggeht oder uns als Lauscher ausgemacht hat. Mir wird heißer und heißer, während ich mir ausmale, gleich seine Hand auf meiner Schulter zu spüren, die mich herumreißt und ihn im nächsten Augenblick brüllen zu hören, warum zum Teufel wir ihn bespitzeln.

Stattdessen macht Terry, die wieder einmal in meinem Gesicht liest wie in einem Buch mit Großbuchstaben, einen Schritt auf mich zu und sagt: „Alles gut. Er ist weg. Du hast doch bestimmt alles verstanden?“

Ich nicke.

„Super. Ich nicht ganz. Aber schließlich war meine Spitzenspionin näher dran.“ Sie grinst breit, was ich erwidere.

„Wir hatten recht." Ich kratze mich am Ohr. „Heute Abend will er sich mit jemandem im Deans Yard treffen."

„Das ist doch der kleine Park in der Nähe der Westminster Abbey?"

Wieder nicke ich.

„Dann machen wir heute Abend weiter."

„Meinst du nicht, dass wir zuerst Bruce informieren sollten?"

Terry winkt ab. „Den wird das nicht interessieren. Wir haben ja immer noch nichts Handfestes."

Ich will widersprechen, aber stimmt nicht, was Terry sagt? Schließlich habe ich bereits bei meinem letzten Besuch Bruce, neben kaltem Espresso, nur Mutmaßungen präsentiert. Ein weiterer Auftritt dieser Art und ich habe meine Glaubwürdigkeit vollkommen verloren.

„Okay", sage ich und ignoriere den Knoten in meiner Kehle.

„Philipp!", ruft Terry mit einem Mal. „Wir müssen uns unbedingt bei ihm melden. Bestimmt sucht er nach uns und macht sich Sorgen."

Ich hebe die Brauen. Derart gedankenvoll kenne ich meine Freundin gar nicht. Ich hätte darauf gewettet, dass es ihr schnurz ist, ob Philipp sich verrückt sucht. Was steckt dahinter? Ob Terry doch mehr Interesse an Philipp hat, als sie vorgibt? Ich verwerfe den Gedanken sogleich wieder. Eine völlig abwegige Vorstellung! Philipp und ich gaben schon ein nicht wirklich zueinander passendes Pärchen ab, aber Terry und er? Das ist geradezu absurd.

24·

Der Frühling zeigt sich von seiner milden Seite, als sich unser Trio Deans Yard nähert. Ich jedoch habe den Eindruck, es sei schon Hochsommer, was durch die Aufregung ausgelöst wird. Meine Bluse klebt mir nass am Rücken, unter den Achseln hält das Deo sein Werbeversprechen. Noch.

Deans Yard ist eine überschaubare, von alten Bäumen und noch älteren Gebäuden umgebene Grünfläche. Eines der Gebäude ist die altehrwürdige Westminster Abbey. Der Ort erscheint mir zu idyllisch für eine Angelegenheit wie diese. Wobei die entscheidende Frage ist, was ich denn erwarte? Ist meine Vorstellung zu stark geprägt von einschlägigen Filmen? Oder sind zwielichtige Geldeintreiber so, wie sie dort dargestellt werden? Tragen Bomberjacken und unter der Glatze, mitten im Gesicht die von unzähligen Prügeleien breitgeschlagene Nase und hören auf wohlklingende Namen wie Igor oder Vladimir?

Ich werde es schneller erfahren, als mir lieb ist, denn die Kirchturmuhr zeigt zehn Minuten vor sechs Uhr. Unser Trio hat sich hinter dem Stamm eines besonders eindrucksvollen Baums postiert. Mein Vorschlag, vor dem Eingangsportal der Abbey zu warten, wurde von Terry und Philipp überstimmt. Dabei geht es mir weniger darum, dass dieser Background ein gutes Alibi abgeben würde: Drei junge Leute, die sich die weltbekannte Kirche ansehen möchten. Es erscheint mir selbst bescheuert, aber Kirchen wirken auf mich beruhigend. Und eine Beruhigung kann ich gerade gut gebrauchen.

„Am besten teilen wir uns wieder auf“, sagt Philipp, und mir wird augenblicklich schlecht.

„Das ist schon in jedem Horrorfilm eine dämliche Idee.“ Meine Hand fährt über meine Stirn, die feucht ist, wie mein gesamter Körper. Wenn das so weitergeht, muss ich bald anfangen zu schwimmen.

„Aber deutlich unauffälliger.“ Philipps Zungenspitze befeuchtet seine Lippen. „Überleg mal – was fällt dir eher auf, eine Einzelperson, die aussieht, als würde sie auf jemanden warten oder eine Menschengruppe?“

Ich möchte protestieren, dass drei Personen keine Menschengruppe sind, weiß aber, dass er einen wichtigen Punkt angesprochen hat. Auch mir würden drei Leute, die zusammen herumlungern, eher auffallen als in Einzelpersonen aufgeteilt.

„Außerdem können wir uns so auch besser verteilen. Es muss ja so aussehen, als nähern wir uns ganz beiläufig. Besser noch, wenn einer von uns ohnehin nahe des Treffpunkts steht.“

„Okay.“ Ich gebe mich geschlagen.

Zumindest kann ich mir die Seite des Parks sichern, an den die Kirche grenzt. Dass das keine gute Wahl für meine Nerven ist, wird mir klar, als ich einen Mann bemerke, der sich mir nähert und den ich schließlich als Doktor Sullivan identifiziere. Umgehend wende ich mich ab, wobei ich hoffe, dass mir das unauffällig gelingt, und tippe eine Nachricht, die ich in unsere Gruppe schicke, die Terry sinnigerweise mit „Agents Talk“ bezeichnet hat.

Ich zwinge mich dazu, nur ein Ausrufungszeichen zu verwenden, obwohl mein Herz mir bis zum Hals schlägt und meinen Daumen gleich mehrfach auf das Display tippen lassen möchte.

Nun liegt es also an mir. Die Möglichkeit, von der ich gehofft habe, sie träfe nicht ein, ist nun Realität. Mir bleibt nichts Anderes übrig, als an Sullivan dranzubleiben, denn für Terry und Philipp wird es schwieriger, unauffällig heranzukommen.

Ich schaue auf meine Uhr und hoffe, dass es beiläufig wirkt. Sullivan steht etwa zwanzig Meter von mir entfernt und starrt immer wieder auf seine Uhr. Es scheint, als habe er mich nicht wahrgenommen, was mich mutiger macht. Ich wage es, noch ein paar Schritte näher an ihn heranzugehen. Jetzt sollte ich ein Gespräch verstehen können, wenn es denn zu einem kommt.

Aus dem Augenwinkel bemerke ich, dass sich eine weitere Person nähert. Ich fixiere das Display meines Telefons, da mir nichts Besseres einfällt. Normalerweise tummeln sich im Deans Yard Studenten, besonders wenn es wärmer wird. Aber ausgerechnet heute ist das Grün wie ausgestorben, was mein Herumlungern umso auffälliger macht. Doch ich schwöre mir, mich nicht meinen Bedenken zu ergeben, sondern durchzuhalten. Als ich mir Terrys und Philipps anerkennende Blicke dafür ausmale und dann auch noch Bruce', wenn ich ihm einen entscheidenden Hinweis zur Aufklärung des Falles liefere, lässt das zwar mein Herz nicht ruhiger schlagen, hält aber zumindest meine Füße an Ort und Stelle.

Ich gehe in die Hocke und beginne, meinen Schuh zu schnüren, als ich in meinem Rücken eine tiefe Stimme höre: „Und Herr Doktor? Alles da?"

In diesem Augenblick habe ich einen Einfall: Wäre es nicht am besten, das Gespräch aufzuzeichnen?

Mit zittrigen Fingern suche ich nach der Diktier-App. Höre Sullivan antworten: „Also … ähm … ich habe …"

Meine Finger zittern noch mehr, verweigern sich dann meiner Kontrolle, als mein rechter Daumen auf das Telefonsymbol tippt und das auch noch doppelt, sodass ich Terrys Nummer wähle. Mein Versuch, das zu unterbrechen, sorgt für die nächste Katastrophe, denn ich stelle das Gespräch auf Lautsprecher. Ehe ich mich versehe, plärrt Terrys Stimme aus meinem Telefon: „Linn? Alles gut bei dir? Sullivan und die Russenmafia haben dir doch hoffentlich nichts getan?"

Ich erstarre, kann mich weder umdrehen noch das Telefonat beenden. Terry wird nun immer unruhiger und fragt wiederholt, ob es mir gut gehe und ob Sullivan und seine Geldeintreiber mich in ihre Finger bekommen haben.

Wie ein Kind, das vor Angst die Augen zusammenkneift und hofft, dadurch unsichtbar zu werden, stehe ich da. Ich werde unsanft an der Schulter gepackt und herumgewirbelt.

Mein Handy fällt mir aus der Hand, und erschrocken reiße ich die Augen auf. Die Visage, in die ich starre, sieht aus wie ein militärisches Testgelände. Tiefe Kraterfurchen durchziehen die Wangen- und Stirnregion. In der Mitte sitzt tatsächlich die charakteristische

Boxernase, die mich stets an ein Zelt erinnert, dessen mittlere Haltestange von einem Rowdy umgerissen wurde und in dessen Innern der Zeltbewohner auf allen Vieren hockt, um sie wieder aufzustellen.

„Kennst du die Kleine?", raunt das Kratergesicht in Sullivans Richtung.

Der scheint ähnlich irritiert wie ich. Kneift die Augen zusammen und schüttelt dann den Kopf. Ob das gut ist oder nicht, weiß ich nicht, ist aber auch egal, denn Killerface hält mich weiterhin fest.

„Auf jeden Fall scheint sie dich zu kennen", zischt er und dann an mich gewandt: „Bist du etwa eine Patientin, die Stoff vom Doktor will?"

„Ich muss doch sehr bitten!", protestiert Sullivan, was halbherzig klingt. Er will den Kratergesichtigen nicht verärgern. Erscheint mir wie ein Plan, den ich ebenfalls verfolgen sollte.

„Ich bin tatsächlich eine Patientin von Doktor Sullivan und wollte ihm nur eine Frage zu meiner Behandlung stellen." Überrascht und glücklich zugleich, wie schnell mir diese Lüge einfällt und über die Lippen geht, warte ich die Reaktion von Kratergesicht ab.

Anders als ich es erwartet habe, ist es Sullivan, der antwortet: „Hören Sie Miss ..." Er sieht mich fragend an.

„Matthews", antworte ich und möchte mir erneut auf die Schulter klopfen.

„Miss Matthews, schön." Seine zitternde Zungenspitze befeuchtet seine Lippen. Ich bin fasziniert, wie schnell er wieder in seiner Rolle ist. Nahezu, wie das Zittern verrät, das neben seiner Zunge auch auf seine Hände übergegriffen hat, die miteinander ringen.

„Bitte melden Sie sich am Montag in meiner Praxis. Das ist der geeignete Ort für derartige Gespräche."

„Aber natürlich, Herr Doktor." Das Blut rauscht in meinen Ohren, dennoch gelingt es mir, dass es klingt, als würden wir uns in einer alltäglichen Situation austauschen und nicht, während mich ein zwielichtiger Geldeintreiber immer noch am Schlafittchen festhält.

Gerade als sich der Griff von Kratergesicht lockert und ich denke, dass sich damit die Situation nun endlich auflösen wird, höre ich: „Lass sie los!"

Ein kampfbereiter Philipp rast auf Kratergesicht zu, um ihm, den Schwung seines Anlaufs mitnehmend, in die Seite zu treten. Die Aktion sieht nicht nur filmreif aus, sie verfehlt auch nicht ihre Wirkung, was wohl auch daran liegt, dass Kratergesicht überhaupt nicht damit gerechnet hat. Wie ich im Übrigen auch.

Mit einem Gesichtsausdruck, als habe er sich rückwärts in seine Unterhose entleert, kippt Kratergesicht zur Seite. Dass ich mich in der Realität befinde und nicht einen Film anschaue, muss ich mir mehrfach in den Schädel hämmern, erst dann bin ich fähig, mich zu regen. Das ist auch gut so, denn Kratergesicht hat den ersten Schrecken überwunden und scheint zudem nicht ernsthaft verletzt zu sein, denn er rappelt sich auf und funkelt Philipp an.

Der rennt los, ich folge ihm. Rechts von mir sehe ich Terry, die ebenfalls losrast. Wo sie vorher war, ging in dem ganzen Getümmel für mich unter. Kratergesicht entpuppt sich als unerhört schneller Läufer. Ich, die das Schlusslicht unseres Gespanns bildet, werfe einen Blick über die Schulter und stolpere vor Schreck fast über meine eigenen Füße.

Kratergesicht ist mir dicht auf den Fersen. Nur noch ein kleines Stück, und ich befinde mich in Reichweite seiner Prankenhände. Dass ich denen kein zweites Mal entkommen werde, ist mir klar, und die Angst schafft es tatsächlich, noch ein wenig mehr Geschwindigkeit aus meinen schmerzenden Beinmuskeln herauszukitzeln. Lange kann ich das Tempo nicht mehr durchhalten. Meine Gedanken rasen, aber keiner lässt sich festhalten, um sich zu einer Strategie ausarbeiten zu lassen, die uns retten könnte.

Terry steuert auf das Eingangsportal der Westminster Abbey zu. Sie reißt die schwere Tür auf und winkt mich und Philipp energisch hinein. Wir schlüpfen durch, sie folgt uns unmittelbar und zieht hinter sich die Tür zu, erneut das Überraschungsmoment auf ihrer Seite, denn der dumpfe Knall lässt vermuten, dass Kratergesicht dagegen geprallt ist.

Das Geräusch lässt mehrere Köpfe herumfahren. Die Stuhlreihen vor uns sind mit Menschen gefüllt, und die hinteren Reihen hat der von uns verursachte Tumult aufgeschreckt.

„Schnell!", zischt Terry und zieht mich hinter sich her. Gerade, als wir uns in einer der hinteren Reihen auf freie Plätze gekauert haben, höre ich, wie die schwere Eingangstür aufgezogen wird. Ich wage nicht, mich umzusehen, starre geradeaus und bemerke erst jetzt, wem das Publikum so andächtig lauscht. Mein Blick wird sogleich von einem tomatenroten Gesicht angezogen, das unter der schwarzen Kopfbedeckung leuchtend hervortritt. Es ist Schwester Tomatia, die mit ihren drei Mitschwestern voller Inbrunst in ihre Blockflöte bläst. Der tadelnde Blick von Schwester Edith verrät, dass Tomatia erneut die Quelle der Misstöne ist, die sich ab und zu in das Gehör der Zuhörerschaft bohren.

Obwohl es im Moment andere und vor allem dringlichere Dinge gibt, die mir Sorgen bereiten, habe ich sogleich wieder Mitleid mit der kleinen Schwester, deren Kopf mich an einen Ballon erinnert, der jeden Moment in Richtung Kirchendach zu entschwinden droht.

Dazu kommt es nicht mehr, denn das Quartett beendet den Song mit einem Vierklang, dessen vierter Ton ein hohes Quietschen ist, das nur eine Quelle haben kann.

„Herzlichen Dank, werte Schwestern", kommentiert der Pastor die Darbietung. Der Applaus kommt nur schleppend in Gang, scheinbar weiß das Auditorium nicht ganz, was es von der Darbietung halten soll.

Wir nutzen den Moment, um uns kurz umzusehen. Kratergesicht ist bereits in den Mittelgang getreten und inspiziert die Reihen. Nicht mehr lange, und er wird uns entdecken. Jeden Moment glaube ich, die Prankenhand im Nacken zu spüren, die mich unsanft aus der Reihe reißen wird.

Und tatsächlich spüre ich, dass ich am Handgelenk gepackt werde. Ich schreie kieksend auf und sichere mir so die Aufmerksamkeit des Publikums.

„Jetzt komm schon!", herrscht mich Terry an. Sie ist es, die die mich gepackt hat, um mich in Richtung Seiteneingang zu ziehen.

Ich erhebe mich, um Terry zu folgen, da werde ich an der Schulter gepackt. Wieder schreie ich auf. Dieses Mal ist es nicht nur Überraschung, sondern auch Schmerz. Denn im Gegensatz zu Terrys Griff gleicht dieser einem Schraubstock, der meine Schulter zusammenquetscht. Mir ist klar, wer mich da gepackt hat, schon bevor ich mich umdrehe und in Kratergesichts wutverzerrte Visage blicke.

„Es ist vorbei!", schießt es mir in den Kopf. Ich habe keine Ahnung, was Kratergesicht mit mir anstellen wird, oder ob ihn die Blicke der Anwesenden beeindrucken. Ich kneife die Augen zusammen und beginne zu beten. Vielleicht können mich die spirituellen Schwingungen dieses Ortes retten?

„Reverend Lawrence!", höre ich neben mir. Ich blinzele und sehe, dass es Terry ist, die groteskerweise Kratergesicht die Hand entgegenstreckt. „Meine Damen und Herren!", ruft sie mit fester Stimme in das Kirchenschiff. Jeder der Anwesenden, inklusive des Pastors und des zuvor noch flötenden Nonnenquartetts, starrt uns an. „Ich möchte Ihnen einen besonderen Gast vorstellen, Reverend Lawrence, der auf eine besondere Spendenaktion seiner Gemeinde hinweisen möchte."

Kratergesichts Unterkiefer klappt nach unten, und ich registriere erleichtert, dass sich sein Griff um meine Schulter lockert.

„Ja, also ..." Der Reverend scheint nach Worten zu suchen. „Dann heißen wir Sie selbstverständlich herzlich willkommen, Reverend Lawrence." Er macht mit dem Arm eine ausholende Geste, um Kratergesicht zu bedeuten, dass der sich an seine Seite gesellen soll.

Ich halte die Luft an. Was, wenn der Typ eine Waffe hat und die jetzt zückt? Es ist, als ob die Zeit stillsteht. Das Einzige, was ich höre, ist das Blut, das in meinen Ohren pulsiert, während ich mich frage, ob das meine letzten Momente auf dieser Welt sind.

„Nur Mut, Reverend. Wir freuen uns immer, wenn
wir helfen können“, sagt eine ältere Dame in der Reihe
vor uns, die sich, wie jeder in der Kirche, zu uns umgedreht hat.

„Kommen Sie, Reverend Lawrence!“, ruft eine
Stimme von weiter vorne.

„Wir möchten hören, was Sie zu sagen haben“,
kommt von rechts.

Kratergesichts Nasenflügel beben, während er Terry
wütend anfunkelt. Er scheint abzuwägen, ob er es wagen kann, sich auf sie zu stürzen. Doch er tut nichts dergleichen, sondern weicht langsam zurück und wirft jedem von uns noch einen eindrücklichen Blick zu, der
zu sagen scheint: „Ich werde euch noch kriegen!“ Dann
macht er auf dem Absatz kehrt und stürmt in Richtung
Ausgang, durch den er verschwindet.

„Lampenfieber“, kommentiert Terry und zuckt mit
den Schultern.

„Das kenne ich“, ertönt ein Stimmchen von vorne, ich
sehe auf und erkenne, dass es zu Schwester Tomatia gehört, deren Gesicht immer noch rot ist. Ob das ihre natürliche Gesichtsfarbe ist? Meine Gedanken werden
aber von einem schrillen Pfiff übertönt, der ebenfalls
von Tomatia stammt, oder vielmehr ihrer Blockflöte,
die sie an den Mund gesetzt hat. Mit ihrem spontanen
Einsatz scheint sie selbst Schwester Edith und die zwei
übrigen Nonnenflötistinnen überrascht zu haben,
denn die sehen keine Alternative, als in das Flötenspiel
einzusteigen. Damit verlagert sich die Aufmerksamkeit
der Anwesenden wieder Richtung Altar, was wir nutzen, um uns weiter zum Seitenschiff durchzuarbeiten.

Wir finden Platz hinter einer Säule, während das Nonnenquartett zur Höchstform aufläuft.

„Was machen wir jetzt?", flüstere ich.

„Raus können wir auf keinen Fall. Sicherlich bewacht der finstere Typ den Eingang", antwortet Philipp.

Terry und ich nicken. Kurz, bevor wir den Seiteneingang erreichen, das Nonnenkonzert dauert immer noch an, halte ich Terry zurück.

Sie dreht sich zu mir um und hebt eine Braue.

„Was, wenn er da draußen auf uns wartet?"

Sie überlegt kurz. „Das wird er auf jeden Fall."

„Andererseits kann er nicht alle Ausgänge bewachen", gibt Philipp zu bedenken.

„Russisch Roulette." Terry grinst, aber ich muss zugeben, dass das mehr als genug Aufregung für einen Tag war, für ein ganzes Leben.

„Wir sollten am Ende mit allen anderen rausgehen. Dann wird er sich nicht trauen, zuzuschlagen." Ich ziehe mein Handy aus der Tasche. „Und ich gebe Bruce Bescheid." Ich halte inne, erwarte Widerspruch. Zu meiner Verwunderung nickt Terry und sogar Philipp. Selbst meinen toughen Begleitern ist wohl klar geworden, dass das mehr als eine Nummer zu groß für uns ist.

Ich tippe eine Nachricht, von der ich hoffe, dass sie nicht zu panisch und andererseits nicht zu unaufgeregt klingt. Ich möchte nicht, dass Bruce denkt, dass ich überreagiere, aber eben auch nicht verharmlosen, was geschehen ist.

Wir gehen zurück zu unseren Plätzen. Tomatia hat zu einer Art Solo angesetzt. Nicht schön, dafür aber voller Begeisterung, entlockt sie ihrer Flöte Töne, die mir zugleich Schauder, aber auch ein Lächeln bescheren. Ersteres ist den Pfiffen, zweiteres Tomatia selbst zu verdanken, die vor Verzückung entrückt wirkt.

Es ist egal, was du tust, denke ich. Hauptsache, du machst es mit Begeisterung.

25

Wie geplant, verlassen wir die Abbey im Pulk der herausströmenden Menschen. Obwohl uns das Sicherheit geben sollte, schweift mein Blick unruhig umher, und ich erwarte, dass Kratergesicht oder Sullivan jeden Moment neben uns auftauchen. Dann kommt jemand auf uns zu, und ich bin erleichtert: Es ist Bruce.

„Geht es euch gut?", fragt er. „Wir müssen uns unbedingt unterhalten."

Ich presse die Lippen zusammen. Tränen kündigen sich brennend in meinen Augen an. Ob aus Erleichterung oder Scham, dass wir so töricht waren, uns mit Kriminellen anzulegen, kann ich nicht sagen. Ich hoffe, dass ich sie zurückhalten kann.

Bruce führt uns zu seinem Wagen, den er in der Nähe abgestellt hat. Es ist wohl das Privileg eines Chief Detective Inspectors, im Citycenter parken zu dürfen, mutmaße ich. Auf der Fahrt schweigen wir, selbst Terry scheint keine Lust zu haben, etwas zu sagen.

In Bruce' Büro versorgt er uns mit Kaffee, wobei wir wohl alle etwas Stärkeres vertragen könnten. Er setzt sich uns gegenüber, faltet die Hände auf seinem Schreibtisch und sagt: „Dann schießt mal los."

Ich bin überrascht, wie freundlich das über seine Lippen kommt. Fast, als würde er uns auffordern, von unseren Wochenenderlebnissen zu berichten.

„Doktor Sullivan", bricht es aus mir heraus, und ich muss kurz nachdenken, wie ich fortfahre. „Wir haben erfahren, dass er in krumme Geschäfte verwickelt ist.“ Ich stoppe und erwarte, dass Bruce nachfragt, aber er sieht mich nur an. Also rede ich weiter: „Er handelt mit Medikamenten.“

„Oxycodon“, wirft Terry ein.

Ich nicke und sage: „Ich weiß, dass es dumm war, was wir gemacht haben, aber wir wollten sicher sein, dass es stimmt, bevor wir Sie informieren.“

Bruce lehnt sich zurück und seufzt. „Habe ich Ihnen beim letzten Mal nicht bereits gesagt, dass Sie sich jederzeit bei mir melden können? Es ist viel zu gefährlich, wenn Sie auf eigene Faust solche Aktionen starten.“

„Wir wollten nur helfen“, sage ich tonlos.

Bruce seufzt wieder. „Also, erzählen Sie mir alles von Anfang an, und lassen Sie bitte nichts aus.“

Ich übernehme den Hauptteil der Schilderung. Nur ab und zu steuern Terry und Philipp eine Information bei. Als ich am Ende meiner Ausführungen bin, schweigt Bruce, während sein Blick in die Ferne geht. Dann klopft er mit den Knöcheln seiner rechten Hand auf die Tischplatte. „Gut. Danke, dass Sie uns informiert haben.“

Terry runzelt die Stirn. „Das war's?“

Er legt den Kopf schief. „Was haben Sie denn erwartet?“

„Na, dass Sie der Sache nachgehen.“

Ich zucke innerlich zusammen. Terrys Tonfall erscheint mir schärfer, als es in dieser Situation angemessen wäre. Wenn ich ehrlich bin, jedwede Äußerung in diese Richtung ist unangemessen. Schließlich haben wir unverantwortlich gehandelt und können vor diesem Hintergrund keinerlei Forderungen stellen.

„Miss Bradford. Sie können sicher sein, dass die Polizei allen Hinweisen nachgeht und ein großes Interesse hat, den Fall zu lösen. Sie drei aber sind unbeteiligte Zivilisten, allenfalls Zeugen." Er bedenkt jeden von uns mit einem eindringlichen Blick, bei dem sich mein Magen zusammenzieht. „Wenn Sie sich nochmal in die Arbeit der Polizei einmischen, werden Sie die Konsequenzen tragen. Habe ich mich klar ausgedrückt?"

Terry öffnet den Mund, um etwas zu sagen, und ich stoße sie mit meinem Knie an. Ich weiß nicht, ob Bruce das mitbekommt, aber letztlich ist es mir egal. Auf gar keinen Fall darf die Situation durch eine von Terrys trotzigen Äußerungen eskalieren. Erleichtert sehe ich, dass sie den Mund wieder schließt. Die Kuh ist vom Eis. Zumindest vorerst.

Wir verabschieden uns von Bruce, ich mit dem flauen Gefühl im Magen, es auf ewig bei ihm vergeigt zu haben, und verlassen die Polizeistation. Die Worte sind uns allen ausgegangen, und so traben wir schweigend nebeneinander her. Am Piccadilly Circus verabschiedet sich Philipp von uns, wobei er Terry für meinen Geschmack etwas zu heftig an sich drückt.

Als wir zu zweit sind, sage ich: „Du und Philipp – was ist da los?"

Terry stößt ein Lachen aus, das sich anhört wie eine Mischung aus Niesen und Husten. „Keine Ahnung. Ich muss zugeben, dass ich ihn womöglich falsch eingeschätzt habe."

„Fangt ihr jetzt was miteinander an, oder was?" Das kommt patziger aus meinem Mund, als es angemessen wäre. Ist eine solche Reaktion von mir überhaupt angemessen? Immerhin wollte ich Philipp loswerden, war doch eigentlich nie so richtig mit ihm zusammen.

Terry bleibt stehen, was mich veranlasst, ebenfalls Halt zu machen. Sie fasst mich am Ellenbogen und sagt: „Ich weiß es nicht, Linny. Keine Ahnung, wo und ob das irgendwo hinführt. Aber wenn es dir nicht gut tut …"

Ich schüttele heftig den Kopf. Tränen schießen in meine Augen. Ich habe kein Recht, das von Terry zu verlangen, und ihre Reaktion rührt mich zutiefst. Terry nimmt mich in den Arm, und ich heule eine Weile. Es ist auch die Anspannung der letzten Stunden, die sich so entlädt.

„Lass uns heimgehen, okay?" Sie drückt mich sanft von sich, hält meine Schultern aber weiter umfasst.

Ich wische mit dem Handrücken Tränen von meinen Wangen. Dann hake ich mich bei ihr unter.

26

„Könnt ihr ihn auch krumm machen?" Die Blonde schlägt die Hände vor den Mund und läuft rot an.

Ich benötige einen Augenblick, um zu verstehen, was sie meint und dass sie das tatsächlich gesagt hat. Wieder einmal muss ich zugeben, dass ich jemanden, in diesem Fall die blonde junge Frau mit der runden Brille und den Sommersprossen im Gesicht, falsch eingeschätzt habe. Dass sie überhaupt einen von Terrys, mittlerweile schon bekannten, Cock Cakes bestellt hat, ist die eine Sache. Aber dass sie nun auch noch Ansprüche an die Ausgestaltung der Form stellt, setzt dem Ganzen einen drauf.

„Klar", antwortet Terry in einem beiläufigen Tonfall, als würde sie über das Wetter und nicht die Form des Kuchens in übergroßem Pullermann-Design sprechen. „Besondere Vorstellung hinsichtlich der Glocken oder der Eichel?" Die Blonde macht hinter ihrer Nickelbrille große Augen, was Terry dazu anstachelt, hinzuzufügen: „Wir können ihn auch ganz klein machen, so dass er aussieht, wie ein drittes ..."

„Nein! Nein!", fährt die Blonde dazwischen. Die Röte hat inzwischen ihren Hals erfasst, und sie fächelt sich mit den Handflächen Luft zu. „Es war nur ... machen Sie ihn so, wie Sie gewohnt sind."

Terry öffnet den Mund, und ich befürchte, dass sie nun etwas entgegnen wird wie: "Ich bin hinsichtlich der Form des Gemächtes einiges gewohnt."

158

„Natürlich machen wir das", übernehme ich daher das Wort und bin froh, dass die Blonde dankbar nickt und nach kurzer Klärung des Preises und des Fertigstellungsdatums unser Café verlässt.

„Die Unterhaltung hätte ich gerne fortgesetzt."

„Das glaube ich dir. Aber dann hätten wir den Auftrag womöglich nicht bekommen."

Terry zuckt mit den Schultern, was so viel bedeutet wie „Das wär's wert gewesen." und ich schüttel, immer noch grinsend, den Kopf. Terry ist eben Terry, und ich liebe sie so, wie sie ist.

Fast eine Woche ist vergangen seit jenem aufregenden Samstagabend, und ich fürchte immer noch, dass von einem Moment auf den anderen Kratergesicht oder Sullivan ins Café stürmen, um uns in die Mangel zu nehmen. Ob Bruce unseren Hinweis ernst genommen hat? Vielleicht sitzen Sullivan und Kratergesicht bereits in einer Zelle, dann müsste ich auch keine Angst mehr haben. Mehr als einmal wollte ich Bruce' Nummer wählen oder in der Charing Cross Police Station vorbeigehen, nicht nur, weil es mich interessiert, ob Sullivan wirklich den Tod von Pinguins Frau zu verantworten hat. Es ist vor allem Bruce' Gesicht, das mir fehlt, mich Nacht für Nacht heimsucht. Das quälende Brennen in der Magengegend, das mir sagt, dass ich jede Chance, ihn näher kennenzulernen, zerstört habe.

Im Café ist heute, an einem Donnerstagnachmittag, nicht viel los, und Terry hilft mir, die große Kaffeemaschine zu reinigen.

„Was ist eigentlich mit Shaun?" Keine Ahnung, wie ich auf diese Frage komme und vor allem, warum ich überhaupt an ihn denke. Vielleicht gerade weil er weiterhin wenig in Erscheinung tritt. Entweder bringt er keine Frauen mehr mit heim, oder ich bekomme es nicht mit, was ich mir kaum vorstellen kann.

„Was soll mit ihm sein?" Terry entleert den Abtropfbehälter ins Waschbecken und beginnt, ihn zu schrubben.

„Na, er scheint immer noch wenig Interesse an früheren Aktivitäten zu haben."

Terry legt ihre rechte Hand auf ihr Herz und sagt: „Ich bin unschuldig. Versprochen."

Natürlich glaube ich ihr. Terry stellt verrückte Sachen an, aber ich kann mich nicht erinnern, dass sie mich jemals belogen hätte.

„Vielleicht hat es ihn ja zum Nachdenken gebracht."

Normalerweise würde ich Terry widersprechen, ihr sagen, dass sich ein Typ wie Shaun nicht ändert. Doch ich muss an mein Gespräch mit ihm denken, an den Shaun, der mir den, in seinen Augen, zu dicken Bauch gezeigt hat und vor allem an seinen Blick. Ich glaube, dass ich dieses Gespräch mit dem authentischen Shaun geführt habe. Dem Menschen, der hinter der makellosen Fassade steckt. Unter diesem Aspekt ist es wirklich möglich, dass er sich etwas verändert hat. Wie dauerhaft diese Veränderung ist, wird sich noch herausstellen.

„Wie geht es eigentlich deiner Mom?"

Terrys Frage trifft mich unvorbereitet. „Sie war vor ein paar Tagen hier und hat die üblichen Attacken gegen unser Café gefahren."

„Unsere Erzeuger sind am besten darin, uns zu nerven."

„Hast du denn nochmal was von deinem Dad und", ich muss kurz nach dem Namen suchen, „Elsa gehört?"

Terry schüttelt den Kopf. „Denke auch nicht, dass da viel kommen wird. Dad und ich haben ohnehin wenig Kontakt und jetzt, da er diesen Programmpunkt abgehakt hat ..." Terry macht eine wegwerfende Handbewegung, aber ihren Augen sehe ich an, dass es ihr längst nicht so egal ist, wie sie mich und auch sich selbst glauben machen will.

Von da an schweigen wir. Jemand, der uns nicht kennt, könnte meinen, wir hätten einander die Finger in die Wunden gelegt, was Quatsch ist. Ich weiß, dass Terrys Nachfragen aufrichtigem Interesse entspringen, so, wie es auch umgekehrt ist. Außerdem führen diese Gespräche dazu, sich mit Dingen, die man vor sich herschiebt, auseinanderzusetzen. Schließlich schulde ich meiner Mom den versprochenen Anruf.

Als wir mit der Maschine fertig sind, haben alle Gäste das Café verlassen, und ich überlege, ob ich nun meinen Mom-Anruf erledigen soll. Noch bevor ich die Idee in die Tat umsetzen kann, geht die Tür auf, und mein Herz macht einen Satz in meiner Brust: Es ist Bruce.

Meine anfängliche Freude fällt in sich zusammen, da ich seine ernste Miene sehe, während er auf uns zukommt.

„Hallo Ladys", sagt er in einem gefühlt zu förmlichen Tonfall.

„Möchten Sie einen Espresso?" Meine Stimme klingt kratzig.

Er nickt, und ich habe den Eindruck, dass er ebenso froh ist wie ich, dass die Unterhaltung, die offensichtlich etwas Unangenehmes beinhaltet, damit ein wenig hinausgezögert wird.

Ich stelle den Espresso vor ihn auf die Theke und bin verwundert, dass auch Terry nichts sagt. Bruce' Gesichtsausdruck scheint sie ebenfalls vorsichtig zu machen.

„Es gibt neue Entwicklungen im Woodsborough Fall." Bruce setzt die Espressotasse an die Lippen und nimmt einen Schluck. „Wie Sie ja bereits wissen, war Mrs Woodsborough Diabetikerin und starb an einer Unterzuckerung, die sie sich selbst zufügte."

„Sich selbst?" Terry runzelt die Stirn.

„Das ist genau der Punkt, der mir schon länger Kopfzerbrechen bereitet. Den Aufzeichnungen ihres Blutzuckerspiegels lässt sich entnehmen, dass Mrs Woodsborough ihren Blutzucker gut im Griff hatte. Regelmäßige Messungen, wenige Schwankungen, und sie spritzte auch stets die richtige Insulindosierung." Erneut nimmt er einen Schluck von seinem Espresso. „Und dennoch hat sie sich an jenem Abend mit der richtigen Insulindosis in die Unterzuckerung gespritzt."

„Wie konnte das passieren?" Ich weiß, dass die Frage dämlich ist, denn das gilt es schließlich herauszufinden. Aber was Anderes fällt mir nicht ein, und irgendwie habe ich das Gefühl, etwas sagen zu müssen.

„Kann es nicht einfach ein Unfall gewesen sein?", fragt Terry.

„Diese Fragen stellen wir uns natürlich schon die ganze Zeit, aber vor dem Hintergrund, dass Mrs Woodsborough ihre Diabeteserkrankung ihr ganzes Leben lang gut im Griff hatte, erscheint eine falsche Dosierung des Insulins unwahrscheinlich."

„Was ist mit Sullivan?", frage ich.

„Wir haben ihn verhört. Er hat zugegeben, dass er mit Betäubungsmitteln handelt. Scheinbar wollte er so seine Spielschulden begleichen." Bruce nimmt den letzten Schluck aus seiner Tasse und dreht sie anschließend zwischen den Fingern.

„Und Mrs Woodsborough war eine seiner Kundinnen." Obwohl Terry das Gesagte nicht wie eine Frage betont, nickt Bruce.

„Und es ist sicher auszuschließen, dass Doktor Sullivan mit ihrem Tod zu tun hat?" Wie eine Barkeeperin beginne ich, den Tresen mit einem Lappen abzuwischen. Meine Hände benötigen eine Beschäftigung.

„Tatsächlich hat Doktor Sullivan Mrs Woodsborough erst vor ein paar Wochen ein anderes Insulinpräparat aufgeschrieben, das auch ein wenig anders dosiert wird." Bruce hebt die Hand, um Terry, die bereits den Mund geöffnet hat, zu bedeuten, dass er noch nicht am Ende seiner Ausführungen ist. „Aber die Aufzeichnungen von Mrs Woodsborough belegen, dass sie dies berücksichtigt hat. Laut ihrem Ehemann wurde das Insulinpräparat häufig umgestellt, und seine Frau habe damit nie ein Problem gehabt."

Bruce sieht mich erneut mit diesem Blick an, der eine Ahnung in mir auslöst. Das eigentlich Unangenehme hat er noch gar nicht ausgesprochen. Ich schlucke meinen Einwand herunter, dass Sullivan ein zwielichtiger Typ und ihm damit alles zuzutrauen ist. Ohnehin kein Argument, sondern eine polemische Äußerung.

„Wir haben untersucht, was Mrs Woodsborough an jenem Tag gegessen hat. Es war ja ihr Geburtstag, und das letzte war ein Stück ihres Geburtstagskuchens."

Der Raum um mich herum beginnt zu schwanken, und ich muss mich am Tresen festhalten. Ich weiß, worauf das hinausläuft.

„Den Kuchen hat Mr Woodsborough hier bei Ihnen gekauft."

27

„Was machen wir denn jetzt?" Ich bin den Tränen nahe. Zwar hat Bruce versucht, uns zu beruhigen, nachdem er diese Bombe platzen ließ. Aber die Tatsache, dass wir von unautorisierten Ermittlern in diesem Fall nun in den Fokus der Verdächtigen gerückt sind, ist so ungeheuerlich, dass es fast schon zum Lachen ist. Aber eben nur fast. Denn das hier ist keine Komödie, die wir uns anschauen, sondern unser Leben.

„Aber wir weisen die Kuchen, die anstatt Zucker ein anderes Süßungsmittel enthalten, doch entsprechend aus, oder?"

„Klar machen wir das. Ich stelle sie sogar in einen separaten Bereich, damit es keine Verwechslungsgefahr gibt. Aber vielleicht ist mir ja ein Fehler unterlaufen?" Mein Blick verschwimmt, die Tränen laufen jetzt.

Terry nimmt mich in den Arm und drückt mich an sich. „Jetzt mach dir nicht zu viele Sorgen. Das wird sich schon aufklären. Außerdem kenne ich dich und weiß, dass du bei solchen Dingen extrem aufmerksam bist. Ich glaube nicht, dass dir ein Fehler unterlaufen ist."

Das stimmt. Ich bin eher übervorsichtig und sehr strukturiert. Außerdem weise ich bei Kuchen auf Besonderheiten hin, wenn zum Beispiel ein anderes Mehl oder eben ein Zuckerersatzstoff verwendet wurde. Im Falle von Pinguins Frau war dies Xylit, Birkenzucker, der sich zwar ähnlich wie Zucker verhält, aber den Blutzucker kaum beeinflusst. Einem Diabetiker, der dies nicht weiß, kann ein solcher Kuchen zum Verhängnis werden, wie der armen Mrs Woodsborough, die sich eine Insulinmenge spritzte, die für einen Kuchen mit konventionellem Zucker angemessen gewesen wäre.

„Eines verstehe ich nicht", sagt Terry, und ich möchte schon antworten, dass ich so einiges in diesem Fall nicht verstehe, schweige aber. „Bruce hat doch gesagt, dass Pinguins Frau ihren Blutzucker regelmäßig kontrollierte, da hätte ihr doch auffallen müssen, dass der fällt?"

Ich zucke mit den Schultern. „Sicherlich stellt Bruce sich ebenfalls diese Frage und geht der nach." Ich kaue auf meiner Unterlippe, dann murmele ich: „Was hat der Pinguin eigentlich gemacht? Der muss doch bemerkt haben, dass es seiner Frau nicht gut ging?"

Terry schaut mich finster an. „Es sei denn, er hat genau das herbeiführen wollen."

Ich möchte protestieren, doch ein Gefühl, das mir in den Bauch schießt, hindert mich daran. Terrys Vermutung fühlt sich nicht abwegig an, ganz im Gegenteil. „Er hat sich seltsam verhalten, wirkte sehr angespannt, als er den Kuchen kaufte. Ich habe gedacht, dass es daran lag, dass er ein paar Tage vorher in unser Ketamin-Happening gestürmt ist."

„Und er ist ja auch ein seltsamer Vogel."

„Klar ist er das, aber an dem Tag war er sogar für seine Verhältnisse seltsam."

Terry nickt. „Dann hat er das womöglich geplant. Vielleicht wollte er seine Frau beseitigen und lenkt so nun den Verdacht von sich weg."

„Und Sullivan?"

„Vielleicht hat der tatsächlich gar nichts damit zu tun?"

„Hmm." Ich wiege meinen Kopf hin und her. Irgendetwas sagt mir, dass Sullivan nicht völlig unbeteiligt ist. Aber andererseits kann ich mir in der Angelegenheit bislang keinen guten Spürsinn zuschreiben. Will ich womöglich nur, dass Sullivan etwas damit zu tun hat?

„Oder," Terry schaut mich mit weit aufgerissenen Augen an, „er hat doch etwas damit zu tun, aber auf eine andere Art, als wir dachten."

„Was meinst du?" Ich kratze mich am Hinterkopf. So spannend ich den Fall anfangs fand, mittlerweile wünsche ich mir, wir wären nie darin verwickelt worden. Oder wäre es nicht zutreffender zu sagen, dass wir uns selbst nicht darin hätten verwickeln sollen?

„Sullivan war mit Pinguins Frau hier im Café." Terry zeigt auf den Gastraum, als würde sich dort gleich diese Szene nochmals abspielen.

„Weil Mrs Woodsborough wollte, dass Sullivan ihr mehr Oxycodon verschreibt."

„Das sicherlich auch, aber vielleicht lief da mehr als eine reine Arzt-Patienten-Beziehung." Beim letzten Begriff zeichnet Terry mit den Fingern Anführungszeichen in die Luft.

Plötzlich dämmert mir, worauf Terry hinaus will. „Du meinst ...", beginne ich.

„Genau das meine ich", unterbricht sie mich. „Was, wenn die beiden eine Affäre hatten, und der Pinguin hat es herausgefunden?"

„Und sie daraufhin umgebracht?" Ich streiche mir über das Kinn. „Ist das nicht eine überzogene Reaktion?"

Terry schiebt die Unterlippe vor. „Es wurden schon Menschen für weit weniger gekillt.“

„Das stimmt, aber irgendwie kann ich mir den Pinguin nicht als Mörder aus Leidenschaft vorstellen.“

„Ich auch nicht, aber es wäre ja auch kein Mord im Affekt, sondern eine raffiniert geplante Tat.“

So ein Vorgehen passt zu dem Bild, das ich vom Pinguin habe, das muss ich zugeben, aber einzig eine Affäre als Motiv? Das erscheint mir immer noch nicht ausreichend für eine solche Tat. „Selbst, falls du Recht hast, ich glaube kaum, dass Bruce noch empfänglich ist für Hinweise von uns. Insbesondere, da wir nun selbst in den Fokus geraten sind.“

„Stimmt.“ Terry drückt die Tür in Richtung Backstube auf. „Dann lass uns mal nach Hinweisen suchen, die uns entlasten.“

„In der Backstube?“

„Ich dachte eher an deine Aufzeichnungen im Büro.“

Ich schlage mir mit der Hand gegen die Stirn. „Natürlich! Ich bin völlig durch den Wind.“

„Das ist nur verständlich.“

Wir zwängen uns in mein kleines Abstellkammerbüro. Ich ziehe das Buch hervor, in dem ich unsere Verkäufe vermerke. Einerseits natürlich für die Buchhaltung, aber auch, um ein Gespür dafür zu bekommen, welche Kuchen besonders gefragt sind, sowie welche Zutaten wir vorhalten müssen und so weiter.

„Okay“, sage ich, „Pinguin hat den Kuchen vor etwas mehr als drei Wochen gekauft, oder?“ Ich reibe mir die Augen. Ich scheine keinen klaren Gedanken mehr fassen zu können.

Terry tippt auf dem Display ihres Smartphones herum. „Moment, wir können das Ganze eingrenzen." Sie hält mir das Display entgegen. „Pinguins Frau starb am sechzehnten Mai. Es muss also wenige Tage davor gewesen sein."

Ich könnte sie knutschen für ihren klaren Kopf. Meine Finger durchblättern das Buch und finden schon bald die richtige Seite. „Hier ist es. Sonntag, der Fünfzehnte. Ein Käsekuchen war es."

„Und?"

„Was und?"

„Mehr hast du nicht notiert?"

„Was soll ich denn sonst noch notieren. Die Schuhgröße des Käufers?", schieße ich patzig heraus, was mir im gleichen Augenblick leidtut. Schließlich will Terry mir ja helfen und trägt keine Schuld. „Sorry."

Terry winkt ab. „Kein Problem. Auch das verstehe ich. Aber diese Information reicht zur Entlastung natürlich nicht aus."

„Klar." Ich seufze resigniert. Dann kommt mir eine Idee. „Ich weiß, wie wir der Sache näher kommen. Wir müssen doch in die Backstube."

28

„Da steht es. Xylit.“ Mein zitternder Zeigefinger deutet auf das Wort, das ich vor nahezu einem Monat in das Backbuch geschrieben habe. Der Begriff hat sich bei uns eingeschliffen, gerade weil es eben kein Buch mit Backrezepten ist, sondern unser Notizbuch in der Backstube. Hier vermerken wir Dinge wie verbrauchte Zutaten oder Anmerkungen, wenn wir zum Beispiel bei einem Rezept etwas abgewandelt haben.

„Das heißt aber immer noch nicht, dass du dem Pinguin einen Kuchen mit Xylit anstatt Zucker verkauft hast.“

„Schon.“ Ich starre auf die Auflistung der Verbrauchsgüter, aus denen ich die Kuchen zubereitete, von denen der Pinguin einen für seine Frau kaufte. Der Kuchen, der sie indirekt tötete. „Aber hätte ich kein Xylit verbraucht, hätte ich zumindest sicher sein können, dass wir an dem Tag keinen solchen Kuchen zum Verkauf hatten.“

Eines ist mir klar, ich muss herausfinden, ob es tatsächlich stimmt. Nicht nur, um meine Unschuld zu beweisen, sondern auch, um mein schreiendes Gewissen zu beruhigen. Mit der Gewissheit, einem Menschen den Tod gebracht zu haben, könnte ich nicht leben.

„Es lässt sich bestimmt aufklären.“ Terry hat meine Hände in ihre genommen. Ich bin schon wieder den Tränen nahe, was sie sicherlich bemerkt hat. „Wir müssen jetzt Ruhe bewahren und alles durchgehen, mehrfach.“

Hoffentlich quillt der dicke Kloß in meiner Kehle nicht auf und lässt mich daran ersticken. Obwohl der Gedanke, einfach die Augen für immer zumachen zu können, angesichts des furchtbaren Verdachts, gar nicht so schlimm erscheint.

„Geh nach Hause und ruh dich aus.“ Terry nimmt ihre Schürze vom Haken und beginnt, sich die umzubinden.

„Und du?“

„Ich habe noch etwas zu tun.“

Ich hebe fragend die Brauen, obwohl ich die Antwort schon kenne.

„Lass mich einfach machen, Süße.“ Terry streicht mir behutsam über die Schulter.

Sie findet auf ihre Art immer eine Lösung, denke ich und kann tatsächlich die Stimme in meinem Kopf ignorieren, die fragt, wie und was meine Freundin anstellen möchte. Ich habe es auf meine Art versucht, vielleicht führt ihre Idee zu einer Lösung.

Ich nehme das Backbuch. „Ich schaue es zu Hause noch mal durch, vielleicht habe ich etwas übersehen.“

„Mach das.“ Terry holt eine Schüssel aus dem Schrank unter der Arbeitsplatte. „Aber versuch, dir nicht zu viele Gedanken zu machen.“ Sie sieht meine traurige Miene und fährt fort: „Ich weiß, dass das unmöglich erscheint, aber ich bin mir sicher, dass du nichts damit zu tun hast. Du wurdest nur in einen perfiden Plan hineingezogen, und wir werden das aufdecken. Okay?“

„Okay“, sage ich, was nur als Flüstern herauskommt.

Terry drückt mich an sich, und mein Plan, nicht wieder zu heulen, ist gescheitert. Einige Minuten weine ich an ihrer Schulter, dann habe ich mich wieder so weit gefangen, dass ich mich verabschieden und gehen kann.

Auf dem Heimweg kann ich an nichts Anderes denken als den Pinguin und seine Frau und dass ich ihm womöglich doch den falschen Kuchen verkauft habe.

Ich betrete die Wohnung und werde von einem ungewohnten Geräusch empfangen: Gelächter. Dem Klang nach handelt es sich um Shaun und Randall. Das sorgt dafür, dass meine düsteren Gedanken verdrängt werden und ein anderer, wie eine blinkende Leuchtreklame in meinem Kopf, vorherrscht: Was ist hier los?

Ich gehe in die Küche und bekomme den zweiten Positiv-Schock, als ich beide wie alte Freunde lachend am Küchentisch sitzen sehe.

„Guten Abend, die Herren", sage ich und versuche gar nicht erst, meine Überraschung zu verbergen.

„Hey Linn", sagt Shaun und Randall wirft einen Blick über seine linke Schulter und hebt kurz die Hand zum Gruß.

„Was macht ihr?" Ich ziehe einen der zwei noch freien Stühle hervor, um mich darauf plumpsen zu lassen.

„Shaun unterstützt mich ein bisschen, was meinen Style anbelangt, und dafür werde ich ein paar Computerprobleme für ihn lösen."

Ich starre Randall mit offenem Mund an. Ich kann nicht glauben, was ich da höre. Hat er das wirklich gesagt, oder bin ich schon eingeschlafen und träume? Ich drehe den Kopf und schaue Shaun an, da ich der festen Überzeugung bin, dass er das, was Randall gerade gesagt hat, vehement bestreiten wird, aber stattdessen nickt er.

„Ich habe ein bisschen nachgedacht, auch durch das, was du gesagt hast." Shaun deutet auf Randall und sagt: „Fällt dir gar nichts an ihm auf?"

Immer noch überfordert mit der Situation, sehe ich wieder Randall an.

„Dein Bart." Mehr kommt mir nicht über die Lippen. Ich frage mich, wie ich zuvor übersehen oder nicht wahrnehmen konnte, dass Randall sich den Bart abrasiert hat. Und dass er ohne das ungepflegte Zottelding deutlich besser aussieht. Ich muss sogar zugeben, dass er gar nicht schlecht aussieht.

„Morgen ist die Brille dran", sagt Shaun in einem geschäftsmäßigen Ton, der aber nicht unfreundlich klingt. Eher, als würde er von einem ihm wichtigen Projekt sprechen.

Das rührt mich an. „Das freut mich sehr, Jungs", sage ich und meine es auch so.

Als die beiden erzählen, wie Randall sich heute unter Shauns Aufsicht den Bart abrasierte, wirken sie fast wie Freunde. Neben meiner Freude für die beiden hätte eine solche Annäherung natürlich auch einen sehr positiven Effekt auf das gemeinsame WG-Leben, über den ich mich mindestens ebenso freuen würde.

Trotz aller Begeisterung mahne ich mich selbst zur Zurückhaltung. Es ist schwierig zu sagen, wie nachhaltig diese Gemeinschaft ist, die zunächst nur darauf basiert, dass sie etwas voneinander wollen. Aber zumindest herrscht nun zu Hause Ruhe, was meine aktuelle Situation entspannt.

Ich verabschiede mich von den beiden und gehe auf mein Zimmer, lege mich aufs Bett und blättere das Backbuch durch. Mir ist, als hätte ich etwas übersehen. Als würde das, was mich entlasten wird, in diesem Buch stehen.

Irgendwann schlafe ich mit dem Buch in den Händen ein und träume, dass ich vor Gericht stehe, um mich für den Tod an Pinguins Frau zu verantworten. Die Krönung des ohnehin schon schlimmen Traums ist der Moment, in dem ich Bruce ansehe, der mich kopfschüttelnd anschaut und sagt: „Es hätte wirklich etwas aus uns werden können. Aber eine Mörderin kann ich nicht lieben."

29

Mein Handy weckt mich, und ich benötige Zeit, um mich zu orientieren und die Umklammerung des Traums abzuschütteln. Mit zusammengekniffenen Augen blicke ich auf das Display. Es ist meine Mom. Am liebsten würde ich den Anruf einfach ignorieren, aber etwas regt sich in mir. Das kleine Mädchen, das mütterlichen Trost dringend benötigt. Und so nehme ich den Anruf entgegen.

„Schatz, geht es dir gut?"

Dass dieses Gespräch nicht mit einem Vorwurf beginnt, macht mir Mut. „Wenn ich ehrlich bin, nicht wirklich." Ich erzähle meiner Mom vom Pinguin, seiner Frau und dem Kuchenkauf, der ihr womöglich zum Verhängnis wurde. Sullivan und unsere Ermittlungen auf eigene Faust lasse ich außen vor. Ich muss es nicht gleich übertreiben.

Zunächst herrscht Schweigen, und innerlich wappne ich mich bereits für die Vorwürfe, die nun unweigerlich über mich hereinbrechen müssen. Wie konnte ich auch nur so unbedacht sein, meiner Mom alles zu erzählen?

„Schatz, mach dir keine Sorgen, sicherlich klärt sich das auf. Und, falls nicht, kannst du dich darauf verlassen, dass ich hinter dir stehe. Ich besorge dir den besten Anwalt, sollte das nötig sein."

Jetzt bin ich sprachlos. Zwar hatte ich darauf gehofft, aber nach den Monaten voller Tadel nur geringe Chancen auf Verständnis eingeräumt. „Danke", sage ich und muss schlucken.

„Kann ich im Augenblick etwas für dich tun?"

„Lieb von dir. Aber im Moment kann ich nur meine Aufzeichnungen durchgehen, und ich habe ja auch Terry."

Wieder überrascht meine Mutter mich, als sie sagt: „Ich bin froh, dass ihr einander habt."

Ich muss meiner Mutter mehrfach versprechen, dass ich sie auf dem Laufenden halte und mich sofort melde, sollte ich tatsächlich unter Verdacht geraten.

Nachdem ich geduscht habe, sitze ich in der Küche bei einem Kaffee über dem Backbuch. Ich möchte auf Terry warten, um mit ihr zusammen zum Café zu gehen. Wir sind spät dran, eigentlich sollten wir schon vor einer halben Stunde geöffnet haben, aber unter diesen Umständen erlaube ich mir das.

Als Terry nach zwanzig Minuten immer noch nicht aus ihrem Zimmer gekommen ist und sich sogar Randall und Shaun, die meist später als wir aufstehen, haben blicken lassen, werde ich unruhig. Was ist mit ihr los?

Ich gehe zu ihrer Zimmertür und klopfe an. Keine Antwort. Ich öffne die Tür einen Spalt und spähe hindurch. Der Anblick irritiert mich, sodass ich die Tür ganz öffne und einen Schritt in das Zimmer mache. Das Bett ist unberührt. Terry ist gestern Nacht nicht nach Hause gekommen!

In meinem Kopf läuft sogleich ein Film ab, in dem Kratergesicht und Sullivan das Café stürmen und Terry entführen. Mit zittrigen Fingern tippe ich auf das Display meines Handys und wähle Terrys Kontakt. Atme erleichtert auf, als ich nach kurzem Klingeln ihre Stimme höre.

„Hey Linny. Sorry, ich wollte dir noch eine Message schreiben, aber war dann so müde, dass ich eingepennt bin."

Da ist etwas in ihrer Stimme. Was verschweigt sie mir? „Hauptsache, dir geht es gut. Ich dachte schon, Sullivan und sein Kumpan hätten dich verschleppt."

„Keine Sorge, ich bin in Sicherheit." Eine Pause folgt, und ich habe den Eindruck, dass sie überlegt, ob sie noch etwas hinzufügen soll.

„Sehen wir uns gleich im Café?", frage ich und entschärfe so die Situation. Terry ist stets für mich da, und wenn sie sich derzeit noch nicht offenbaren kann, will ich ihr die Zeit geben, die sie braucht.

„Ja klar", antwortet sie, und ich kann die Erleichterung in ihrer Stimme hören.

Der Fußmarsch zum Café tut mir gut. Als ich dort ankomme, bin ich tatsächlich zuversichtlich, dass sich alles zum Guten wenden wird. Doch das gute Gefühl hält nicht lange an, denn als ich das Backbuch, hinter dem Tresen stehend, zum x-ten Mal durchgehe und wieder kein entlastendes Detail entdecke, schwindet mir der Mut.

Ich bin froh, als Terry hereinkommt. „Guten Morgen, Linny. Sorry nochmal."

Ich winke ab. „Guten Morgen. Ich bin einfach froh, dass du da bist."

„Ich habe Neuigkeiten." Terry kaut auf ihrer Unterlippe.

Selten habe ich sie so angespannt gesehen.

„Wir waren bei Sullivan."

„Wir?"

Sie holt tief Luft. „Okay, ich lasse es einfach raus und hoffe, du bist mir nicht böse." Wieder kaut sie auf ihrer Unterlippe. „Ich war bei Philipp und habe auch die Nacht mit ihm verbracht."

Ich muss mich nicht mehr zum Schweigen zwingen, denn es hat mir die Sprache verschlagen.

„Ich ..." Terry wischt mit der Hand über ihre Stirn. „Irgendwie hat es zwischen uns gefunkt, schon während der Sache mit Sullivan. Erst habe ich gedacht, dass das nicht sein kann. Einer wie Philipp und ich?" Sie schüttelt ungläubig den Kopf. „Aber das Gefühl ließ nicht nach, wurde sogar stärker." Sie fasst meine Hand. „Es tut mir so leid. Ich habe mich nicht getraut, dir etwas zu sagen, weil du und Philipp ..." Sie schlägt die Augen nieder. „Andererseits hattest du ja schon vorher gesagt, dass du mit ihm fertig bist, und dann ist da ja auch Bruce."

Ich weiß immer noch nicht, was ich sagen soll. Ein Knoten aus Frustration, Enttäuschung und Ärger schnürt mir die Brust zusammen und lässt mich kaum Luft holen. Dann sehe ich Terrys traurigen Blick, und der Knoten löst sich. Was sie sagt, stimmt. Ich habe Philipp freigegeben, wenn ich ihn überhaupt jemals hatte. Einzig, dass Terry mir nichts davon erzählt hat, trifft mich, aber anders als anfangs, als ich ihr den Vorwurf machte. Denn mir wird klar, dass ich mir selbst den Vorwurf machen muss. Stets ist es Terry, die für mich da ist, sich meine Sorgen anhört und auf mich Rücksicht nimmt. Wann habe ich mir das letzte Mal ihre Sorgen angehört? Wenn ich jemandem Vorwürfe machen sollte, bin ich es selbst.

„Es tut mir so leid, dass ich nicht so für dich da war, wie du es gebraucht hast", sage ich und nehme sie in den Arm.

So halten wir einander einen Moment, und es sind keine weiteren Worte notwendig. Als wir uns voneinander lösen, nickt Terry mir dankbar zu. Was habe ich doch für eine tolle Freundin!

„Erzähle mir zuerst von Sullivan", sage ich.

„Okay. Machst du mir einen Kaffee?"

„Gerne."

Terry erzählt, dass sie gestern Abend auf die Idee gekommen sei, besondere Muffins für Sullivan zu backen, um ihm Informationen zu Pinguins Frau zu entlocken.

„Besondere Muffins?", frage ich, als ich die Tasse vor Terry auf den Tresen stelle.

Terry grinst. „Es ist nie schlecht, etwas Midazolam in petto zu haben."

„Midazolam?"

„Ein Schlafmittel, das in niedriger Dosierung ähnlich wirkt, als hätte man ein paar Bier zu viel gehabt." Terry nimmt einen Schluck Kaffee. „Und was wissen wir von Besoffenen und kleinen Kindern?"

Nun dämmert mir, worauf Terry hinaus will. „Die sagen stets die Wahrheit. Aber wie hast du Sullivan dazu bekommen, die Muffins zu essen?"

„Da kamen tatsächlich ein paar glückliche Umstände zusammen. Er hatte gestern eine späte Sprechstunde, und so bin ich zu seiner Praxis gegangen und habe mich als dankbare Patientin ausgegeben."

„Das hört sich zu leicht an, um wahr zu sein."

„Ich hatte Glück, dass ich kurz vor Sprechstundenende hin bin und seine Sprechstundenhilfe Feierabend machen wollte. Mit ein bisschen Zureden konnte ich sie davon überzeugen, mich bleiben zu lassen.“

„Was hättest du denn sonst gemacht?“

Terry zuckt mit den Schultern. „Du kennst mich. Dann hätte ich mir einfach etwas Anderes überlegt.“

„Hattest du keinen Schiss, dass er dich wiedererkennt?“

Wieder zuckt Terry mit den Schultern.

Schon beim Gedanken daran mache ich mir in die Hose, und Terry erzählt davon, als wäre sie zu einem Treffen mit Freunden aufgeschlagen.

„Die Sprechstundenhilfe ging dann, und ich war mit Sullivan allein. Männer dieses Schlags sind für Komplimente sehr empfänglich. Und nachdem ich ihm eine Lobeshymne auf meine Behandlung runtergeleiert habe, fühlte er sich fast verpflichtet, die angebotenen Muffins zu kosten.“

„Wirkt das Mittel denn so schnell?“

„Es dauert schon eine halbe Stunde. Aber es gibt ja Unpässlichkeiten, die man vortäuschen kann.“ Terry grinst wieder. „Ich habe mich einfach eine Zeit aufs Klo verkrochen, und als ich wiederkam, hatte die Wirkung schon eingesetzt.“

„Und Philipp?“

„Der hat vor der Tür gewartet, und ich habe ihn reingeholt. Ich wollte nicht alleine sein mit Sullivan.“

„Gute Entscheidung. Und, was habt ihr erfahren?“

„Zumindest, dass er und die Frau vom Pinguin eine Affäre hatten.“

„Und hat er etwas mit ihrem Tod zu tun?“

„Er sagt nein, und ich glaube ihm auch.“

„Sagt man wirklich nur die Wahrheit, wenn man das Zeug intus hat?“ Ich kratze mich am Hinterkopf.

„Wie bei Alkohol wird die Zunge leichter, aber ein Wahrheitsserum, wie gerne behauptet wird, gibt es nicht.“

Ich nicke. „Also könnte es doch eine Eifersuchtstat des Pinguins sein.“

„Das erscheint mir am plausibelsten, und wir sollten auch Bruce auf diese Spur bringen.“

„Und ihm erneut berichten, dass wir uns eingemischt haben? Sullivan sogar unter Medikamente gesetzt haben?“

„Das müssen wir ihm ja nicht erzählen. Das Gute an dem Zeug ist, dass es eine retrograde Amnesie macht. Sullivan wird sich also nicht mehr an das Gespräch und den Rausch erinnern. Die restlichen Muffins und damit alle Spuren haben wir selbstverständlich entsorgt.“

„Okay“, sage ich. „Dann muss ich mich bei dir bedanken.“

Terry strahlt über das ganze Gesicht, was ich verstehen kann. Es ist wohl das erste Mal, dass ich sie für eine ihrer „Untermisch-Aktionen“ lobe.

„Diese Information ist gut und wichtig. Vielleicht weiß Bruce das sogar schon. Immerhin gehe ich davon aus, dass sie Sullivan genau unter die Lupe genommen haben.“ Ich greife nach dem Backbuch und schlage es auf. „Aber ich glaube, dass eine entscheidende Information noch fehlt, die mich zweifelsfrei entlastet.“

Ich schlage das Rezept meines Käsekuchens auf, dann habe ich eine Idee.

30

„Das werde ich umgehend an die Rechtsmedizin weitergeben." Bruce sieht erleichtert aus, was mich freut, denn mir ist klar, dass ihm etwas an mir liegt, und es ihm deshalb so schwerfiel, mir vom Kuchen und dem damit verbundenen Verdacht zu berichten.

„Das steht mir vielleicht nicht zu, zu fragen." Ich mache eine Pause und bekomme ein zustimmendes Nicken von Bruce, das mich veranlasst weiterzusprechen. „Aber hatte Pi…" Ich schaffe es gerade so, mir auf die Zunge zu beißen, bevor ich fortfahre: „… Mrs Woodsborough eine Affäre mit Doktor Sullivan?"

Bruce hebt die Brauen. „In Ihnen steckt wirklich eine Detektivin, oder?" Das klingt nicht verärgert, sondern anerkennend.

Ich schlage ich Augen nieder. „Na ja, irgendwie bin ich ja jetzt mit dem Fall verbunden, und da macht man sich so seine Gedanken."

„Und deshalb denke ich auch, dass ich Sie ein wenig in den Ermittlungsstand einweihen kann." Er schlägt eine dicke Akte auf seinem Schreibtisch auf. „Wir haben die Nachbarn der Woodsboroughs befragt. Sie berichteten von häufigen Streitigkeiten der Eheleute."

„Hat der Pi…" Wieder beiße ich mir im letzten Moment auf die Zunge. „Mr Woodsborough, hat er seine Frau geschlagen?" Irgendwie kann ich mir das schlecht vorstellen.

Bruce schüttelt den Kopf. „Wenn überhaupt, ging die Gewalt wohl gegen ihn."

Ich starre ihn an und spüre sogleich, wie es in meinem Kopf „Klick" macht. Pinguins seltsames Verhalten – vielleicht war er gar nicht immer so, sondern das Ergebnis von häuslicher Gewalt?

„Häusliche Gewalt richtet sich nicht nur gegen Frauen und muss im Übrigen auch nicht immer durch körperliche Gewalt ausgedrückt werden." Bruce faltet die Hände über der Akte. „Mrs Woodsborough scheint ihren Mann regelrecht terrorisiert und von sich abhängig gemacht zu haben."

„Abhängig?"

„Emotional. Narzisstische Persönlichkeiten wollen so ihre Partner an sich binden."

„Also, sie misshandeln?"

„Gefolgt von Zuneigung. Ein ständiger Wechsel."

„Hört sich furchtbar an."

„Das ist es auch und häufig so perfide, dass es den Betroffenen anfangs gar nicht richtig bewusst ist."

Plötzlich tut mir der Pinguin leid. Bei den meisten Menschen schaut man eben nicht hinter die Fassade und urteilt womöglich vorschnell.

„Hinzu kam, dass seine Frau ihm wirklich nicht treu war. Neben Doktor Sullivan soll sie zahlreiche Affären gehabt und vor ihrem Mann sogar damit kokettiert haben."

„Das ist ..." Den Satz kann ich nicht zu Ende bringen. Mir fehlen angesichts dieser vergifteten Beziehung die Worte.

„Die Frage, die sich stellt, ist, ob es sich um einen tragischen Unfall handelt, oder ob Mr Woodsborough sich nicht anders zu helfen wusste, um sich aus dieser Ehe zu befreien.“

Mir dämmert, worauf Bruce hinaus will. „Sie glauben, dass er die Kuchen austauschte?“

„Wäre eine Möglichkeit, eine ziemlich elegante noch dazu. Seine Frau nahm an, einen konventionellen Kuchen mit Zucker zu essen und spritzte sich auch die entsprechende Insulinmenge. In Wahrheit aß sie aber einen Kuchen mit dem Zuckerersatzstoff Xylit, so dass die gewählte Insulinmenge viel zu hoch war. Da er den Kuchen angeblich in Ihrem Café kaufte, lenkte er so den Verdacht auf Sie.“ Bruce räuspert sich. „Aber mit dem Hinweis, den Sie mir gegeben haben, können wir ihn überführen.“

Das Gefühl des Mitleids weicht Ärger. Es ist das Eine, aus einer solchen Beziehung fliehen zu wollen, aber etwas völlig Anderes, zu morden und dafür auch noch Unbeteiligte hineinzuziehen.

„Ich werde mich bei Ihnen melden, sobald ich die Rückmeldung aus der Rechtsmedizin habe.“

„Und Sullivan?“, frage ich.

Bruce zuckt mit den Schultern. „Dem werden die Kollegen vom Drogendezernat auf den Zahn fühlen. Für unseren Fall ist dieses Vergehen, auch wenn sich das hart anhört, nicht wirklich relevant.“

Ich nicke. Das hört sich wirklich hart an, aber es ist gut, zu wissen, dass Sullivan nicht davonkommen wird. „Dann lasse ich Sie mal weiter arbeiten“, sage ich und erhebe mich.

„Linn?“

Überrascht darüber, dass Bruce sich noch an meinen Vornamen erinnern kann, sehe ich ihn an.

„Hätten Sie etwas dagegen, wenn wir uns duzten?“

Augenblicklich schießt mir Hitze in die Brust, und ich bin mir sicher, dass mein Gesicht rot anläuft. Ich ignoriere das Gefühl und nicke eifrig.

„Das freut mich, Linn“, sagt er. „Dann melde ich mich bei dir, sobald ich Neues weiß.“

„Danke, Bruce.“ Ich verlasse mit einem verlegenen Lächeln sein Büro.

31

„Keine Pistazien?“ Ich habe das Gefühl, als würden Bleigewichte, die zuvor auf meiner Brust lagen, davon herunterpurzeln.

„Keine Pistazien im Magen“, wiederholt Bruce und lächelt.

Wie ein kleines Detail so entscheidend sein kann, denke ich. Es ist das Detail, was mir nach mehrfacher Durchsicht des Backbuchs auffiel und das beweist, dass Mrs Woodsborough nicht meinen Kuchen gegessen hat: Pistazien. Die arbeite ich nämlich stets in den Boden meines Käsekuchens ein, ein Rezept meiner Granny, von dem ich niemals abweiche. Der Kuchen, der Pinguins Frau zum Verhängnis wurde, enthielt den Zuckerersatz Xylit und nicht herkömmlichen Zucker und eben keine Pistazien, was ihn klar von dem von mir gebackenen und verkauften Kuchen unterscheidet.

Dass Bruce sogar persönlich vorbeikam, um mir die gute Nachricht zu überbringen, bringt das warme Gefühl in meiner Brust zurück. Vielleicht darf ich tatsächlich auf mehr hoffen?

„Es liegt noch einige Arbeit vor mir, deshalb würde ich mich schon wieder verabschieden.“

„Moment“, sage ich und gehe zur Kaffeemaschine. „Einen Espresso kann ich dir doch noch zubereiten? To go?“

„Gerne.“

Mit dem kleinen Becher und dem Versprechen, mich weiter auf dem Laufenden zu halten, verlässt er das Café, das bis auf zwei Gäste leer ist.

Als hätte sie auf ihr Stichwort gewartet, tritt Terry aus der Backstube und legt grinsend den Kopf schief. „Gute Neuigkeiten?"

„Keine Pistazien und damit nicht mein Kuchen."

„Sehr gut. Und", Terry deutet eine Verbeugung an, „ich verneige mich vor deinem Spürsinn. Dass dir das eingefallen ist, großes Kino."

„Danke. Ich bin einfach froh, dass es vorbei ist."

„Und?", fragt Terry.

Ich runzle die Stirn. „Was meinst du?"

„Was meine ich wohl? Was ist mit dem sexy Inspector?"

Ich lege den Kopf zur Seite. „Ich weiß es nicht."

„Du weißt es nicht? Komm schon. Er kommt extra vorbei, um dir das zu sagen. Hallo?"

„Vielleicht ist er nur nett."

Terry schnaubt. „Nur nett! Linny, schalt mal den Bedenkenknopf aus."

Einer unserer Gäste hebt die Hand, um mir zu bedeuten, dass er zahlen möchte. „Ich werde es versuchen", sage ich.